俺様弁護士に過保護に溺愛されています

目次

俺様弁護士に過保護に溺愛されています

プロローグ

付き合うまでは猛アピールだった同級生の彼氏。彼とのお別れは、実にあっさりとしていた。

『好きな子ができた。別れよう』

――そうスマホのメッセージアプリから送られて、それだけで六年間の交際が終了。突然そんな別れ方をされて、私は呆気に取られて茫然自失状態だった。

同じ大学に通っていた彼とは、お互いの友人同士の繋がりで出会い、初めて会ってすぐに私のことを気に入り、積極的に話しかけてきた。男性には縁がなく、これまで誰とも付き合ったことなどない。そんな私に『可愛い』だとか『好き』だとか、有頂天になるような言葉を初めて言ってきたのが彼氏だった。

最初のうちはただの同級生としか思えなかったが、次第にほだされて付き合うことになる。気遣いが上手で、優しいところと無邪気な笑顔が大好きだった。最終的には私の方がたくさん好きになってしまい、寂しい想いをしていた。

そんな時に友人から合コンに誘われる。私はお酒も弱いし、男性と上手く話せる自信もないので、合コンや飲み会は苦手。参加するのを迷っていたけれど、失恋には新しい恋だと周囲に推し進められて無理やりに連れて行かれる。

その時に出会ったのが、今の彼氏――年下の弁護士の彼だ。

出会って三ヶ月が経った頃。ある日の仕事中、ふとスマホを見ると、彼からニューヨーク州の弁護士になるには登録料が必要なので、お金を貸してほしいというメッセージが届いていた。

弁護士の彼氏はアメリカ留学中の身で、出会った時は一時帰国中だった。夢を目指して奨学金制度を受けながらも頑張っている彼氏に協力してあげたい。そう思ったものの、しかしその金額というのが百万円で、貸してあげたくてもすぐに答えを出せる金額ではなかった。

「う、わぁっ！」

ガタンッ。働いている区役所からの帰り道。ぼんやりと考えごとをしながら自転車で走行中、上手く曲がりきれず、私は体勢を崩して左方に倒れた。倒れたせいで自転車の下敷きになり、カゴに入れていたお弁当箱が入ったランチバッグが弾け飛ぶ。

腕と膝を道路のアスファルトで打ち、ジンジンとした痛みが身体を襲う。痛みにもがきながらもランチバッグが転がっていった方向に目を向けると、スーツ姿の男性が立っていた。

「大丈夫ですか？」

ランチバッグを受け止めたあとに倒れている私に近づき、自転車を持ち上げてスタンドを立てかけた。そのあと、私にそっと手を差し伸べてくれる。

「起きられますか？」

「はい……っ、痛！」

ありがたく手を貸してもらい起き上がろうとした時、腕と膝の他に痛みを感じた。右の足首に重心をかけると痛みが走る。もしかすると足首を捻《ひね》ってしまったのかもしれない。

「ひとまず、事務所の中に入りましょう」

スーツの男性に支えられて、建物の中へと入る。入口に掲げられた表札を見ると『瀬山《せやま》法律事務所』と書いてあった。毎日通りかかる場所で、たしかつい先日までは貸店舗となっていたはずなのだけれど……

転んだことに気を取られていてそれまで気にしていなかったが、ふと私の視界に男性が映った。整った顔立ちと細身の体型。大人っぽい印象と自分好みの顔やスタイルの男性に一瞬で心を奪われそうになった。次第に胸が高鳴ってしまう。

「私は瀬山法律事務所代表の瀬山伊織《いおり》と申します。開業したばかりで事務所の中が散らかっていて、すみません」

「いえいえ、そんなことはないですよ。こちらこそありがとうございます。あっ、私は野上杏沙子《のがみあさこ》といいます」

見慣れないと思ったら、どうやら最近開業したばかりらしい。瀬山さんは私を椅子に座らせて、救急箱から湿布を探してくれている。

「応急処置になりますが、こちらをお使い下さい」

「ありがとうございます」

瀬山さんから冷湿布と不織布テープを渡され、痛い方の足を折り曲げて、そっと靴下を脱ぐ。足首は赤く腫れていて、じっとして動かさなければ何ともないが、歩こうとすると衝撃で痛みが走る。

「この近くの整形外科は受付時間が終わっていますので、明日の朝に診察してもらった方が良いですね」

「そうですね……そうします」

湿布を貼る時に私が痛そうにしていたのを見た瀬山さんは、スマホでサッと近くの病院の診療時間や場所を調べてくれた。整形外科なんて滅多に行かないので、どこに行けばいいかわからないから、すぐに調べてもらえて良かった。思ったよりも痛いので明日はお休みして、おとなしく整形外科に行って診察してもらうことにする。

「コーヒーは飲めますか？」

湿布を貼ることに夢中になっていた私に、コーヒーを淹《い》れてくれた瀬山さん。その真っ白なカップからは湯気が立っていて、芳《かぐわ》しい香りが鼻を刺激する。

「ありがとうございます……！」

助けてもらった上にコーヒーまでごちそうになるなんて、親切にしてもらったご恩は忘れないようにしたい。

「事務所も今日は閉めようと思っていましたので、良かったら車で自宅まで送りますよ」

「え？　そ、それは悪いので大丈夫ですよ。ここからなら歩いて十分で帰れますので……！」

予想外の展開に慌ててお断りを入れる。これ以上は迷惑をかけられない。

「遠慮しないでください。どのみち、私も帰ろうかなと思って外に出ていたので」

「わー！　重ね重ねごめんなさい！」

どうやらお仕事終わりで帰宅しようとしていたところに、私が転がりこんで来てしまったらしい。本当に何から何まで申し訳なくて、私もお返しをしなくては……と考え出す。

「あの、私にお手伝いできることがあれば何なりと仰ってください！　私の足が治りましたら、協力いたしますので……！」

こんなことしか思いつかないけれど、こうすることで少しでも瀬山さんのお役に立てたら嬉しい。

「んー、そうですね。では、お言葉に甘えて……この事務所はまだ開業間もなくて事務員がいないんです。もしも、事務系の仕事を探している方がいたらご紹介していただけますか？」

瀬山さんは私の顔をじっと見ながら、柔らかく微笑んだ。無表情な美青年かと思っていたのだが、こんな風に優しく微笑むのだと知る。

ハプニングにより、突然として知らない男性と二人きりになってしまったため、基本的なやり取り以外はお互いに視線を合わせないようにしていた。まだまだ大人になりきれていなかった元彼と優しい雰囲気の今彼。二人と比較すると瀬山さんは落ち着きのある大人の男性そのもので、更にただならぬ色気まで感じる。

今まで周りにいなかったタイプの男性で、どうやら私は彼の内面の優しさと大人の魅力にひとめぼれしてしまったようで、心の中がざわめいていた。

「はい、探してみますね。でも、法律事務って経験者でないと難しいんじゃ……」

テレビドラマで見たことがある。法律事務として働いているパラリーガルは、弁護士の卵たちだ。

一般事務の経験者でも法律関係ともなると尻込みしてしまうのでは？

「法律事務ではなく、その他の雑務と言いますか……一般の事務処理から経理などをできる方を探しています」

「分かりました。それなら、案外早めに見つかるかもしれませんね」

「仕事量が安定しないので公の求人は出していなくて。もし心当たりがあれば、ご紹介いただけると助かります。よろしくお願いします」

二度目の微笑みを向けられ、私の鼓動は早くなるばかり……

そのあと、無事に自宅まで送り届けられた私は瀬山さんを両親に紹介した。これまで一度も彼氏を家に連れて帰ったことがなかったので、両親は瀬山さんを彼氏だと勘違いしてしまう。

「本当に彼氏じゃないの？」

慌てて否定したが、両親共に残念そうだった。そりゃあ、私だって瀬山さんみたいな方が彼氏なら嬉しいけれど、私にとっては雲の上の人だもの。

……この時の私は今後、瀬山さんと自分の間に何が起こるのか、全く想像もしていなかった。

＊＊＊

翌日の朝、整形外科で診察を受ける。案の定、捻挫《ねんざ》だった。職場にはバスで通勤し、結局二週間で全治した。

珍しく定時で上がれたある日、私は助けてもらったお礼をしようと瀬山さんの事務所に向かうことにする。甘い物が好きかどうか分からなかったので、伺う前にお気に入りのカフェでコーヒー豆を挽いてもらってから向かった。久々に瀬山さんに会える高揚感で胸の高鳴りが収まらないままに、事務所の扉を開ける。

「あぁ、こないだの……」

私が誰なのか、瀬山さんはすぐに気づいてくれた。こんな些細なことでも嬉しくて、思わず顔が綻《ほころ》んでしまう。私には遠距離恋愛をしている彼氏がいるというのに、この胸の高鳴りは抑えられそうにない。

「先日はありがとうございました。おかげさまで怪我は無事に治りました。あ、これはお礼というか手土産のコーヒーです」

「無事に治ったみたいで良かったです。お土産もわざわざありがとうございます」

瀬山さんは私からコーヒーを受け取るとテーブルの上に置いてこう言った。

「せっかくですから、良かったら一緒にどうですか？　ちょうど休憩しようと思っていたところなんです」

「もちろんです。キッチンをお借りしてもいいですか？　お礼なので、私にコーヒーを淹れさせてください」

無事にキッチンを使う許可を得て、私がコーヒーを淹れている間、瀬山さんが座っている方向からタイピングをする音が聞こえる。

「お待たせしました。このコーヒーは、近くにあるカフェのオリジナルブレンドなんです」

「へぇ、そうなんですね。すごく良い香りがする」

仕事をしている瀬山さんのデスクまで淹れたてのコーヒーを運ぶ。香りを楽しんでから、カップを口につけた瀬山さんはご満悦のようだ。

「コーヒーがお好きなんですか？」

「えぇ、それなりに」

喜んでもらえて良かった。瀬山さんにカフェの場所を聞かれたので、地図を書いて教えた。瀬山さんはこの辺りの土地勘がなく、事務所は不動産業者から紹介してもらった中でたまたま条件が合って決めただけらしい。

瀬山さんと共にコーヒーを飲んでいると、彼氏からメッセージが届いていた。結局私は、お金を貸してほしいと言われてもどうすればいいのか決めかねて返事を保留にしていた。

返信がないことを心配した彼氏からの催促メッセージだが、正直どうしていいのか分からない。貯金から支払えない金額ではないが、付き合って間もない彼氏にしてあげるべきか、否か……

「……あの、瀬山さんにお聞きしたいことがあるのですが宜しいでしょうか？」

知り合ったのも何かの縁と思い、私は勢いだけで瀬山さんに尋ねた。活躍の場所は違えど同じ弁護士なら知っているかもしれないと淡い期待を込める。

「何でしょうか？」

「ニューヨーク州の弁護士登録料は百万円なのでしょうか？」

「私の記憶が確かならば、日本円で五万ちょっとだった気がしますけど」

私の頭の中が混乱している。五万円ちょっとと百万円では桁が違い過ぎる。

「どうかしましたか？」

「いえ……大丈夫です」

思い起こせば、合コンで出会った時に私のことをすごく気に入ってくれていたのもあるし、友人の勧めもあって気を許していたが、お金を請求されるのは実は初めてではない。もしかすると、もしかしなくてもこれは……

「こんなことを瀬山さんに聞くのもどうかと思うんですけど、留学先に帰国する時に飛行機の搭乗券を入れた財布ごと落としたからお金を貸してほしいって言われたんです。その他にも色々あって、お金を貸しました。これって……」

「あー、詐欺じゃないですか。出してくれるかどうか少額から試していくタイプの詐欺」

瀬山さんは、言い流すようにさらっと答えた。

やはり、そうなんだ。確かに少額から始まっていた。初めてのデートは、彼が私のために選んでくれた可愛いカフェ。そこでは彼氏が全部支払ってくれた。二回目のデートは搭乗前。空港近くのホテルの高級なランチブッフェを私のためにと予約してもらっていたが、財布を落としたので私が全額支払った。その他にも、留学先での生活が苦しいから参考書も買えないと言われて同情して送金をした覚えがある。

この彼氏は私の二歳下で、人懐っこく可愛いタイプの男性。特別好きという感情はない。……というのも、同じ合コンで友人が税理士の彼を見つけたので、じゃあ私も……となんとなく成り行きで付き合っていたような感じである。

今まで本気で好きになれる人にも出会わず、私はどうしてこう男運がないのだろうか？

「相談に乗りましょうか？」

心配そうな顔をして、瀬山さんが私に問いかけてくる。

「いえ、大丈夫です。ありがとうございました」

思い返せば、彼氏とは合コンのあとは二回しかデートをしたことがなかった。留学しているからだと信じて疑わなかったが、もしかしたらそれすらも嘘だったのかもしれない。付き合い始めた頃は電話も来ていたけれど、アメリカに戻ってからは国際電話が高額だからメッセージでしかやり取りをしていない。

——もう終わりにしよう。今まで支払ったお金のことは騒ぎ立てずに勉強代として諦めよう。

メッセージの返信はせずに、このままフェードアウトすることを決めた。これでお別れだ。


その夜、友人に彼氏についての報告をする。すると、友人も同様の詐欺に遭いそうになっていた。私に相談しなかったのは、税理士というハイスペックな職業の彼氏を失いたくなかったからだそうだ。自分は騙されてない、必要とされている——

内心詐欺じゃないかと気づいていたけれど、友人はそうやって思い込むことで自分が傷つかないようにしていた。一方、私は騙されているのも気づかずに過ごしていたのだからどうしようもない。

どうやら、合コンに来ていたのは職業を偽って婚活女子を中心に騙している詐欺グループのようだった。

詐欺グループだと知ったのは、瀬山さんと話をした一週間程あとに『詐欺グループ、逮捕』というニュースをテレビで見たから。

区役所で働いていて、高齢者に対して詐欺に注意と促していた自分だったのに、何たる失態だろう。彼氏に対して思い入れがあったわけではないのに、情にほだされて騙されるなんて、自分が情けなくて仕方がない。

メッセージを既読しないままにしていたら、そのうち連絡は来なくなった。大事に至る前に彼とはお別れして正解。思い切って瀬山さんに聞いてみて良かった。

＊＊＊

「こんにちは」

ドキドキしながら重い扉をそっと開けて、隙間から挨拶をする。私は瀬山さんに例の相談した男性は詐欺グループで逮捕されましたよと伝える名目で、定時に上がり事務所にお邪魔した。付き合っていると思っていた彼氏が詐欺グループの一員だったことはもはやどうでも良くて、ただこのことを口実に瀬山さんに会いたかっただけ。

「ああ、野上さん。こんにちは」

瀬山さんはすぐに私に気づいて、優しく声をかけてくれた。名前も覚えてくれたみたいで気持ちが舞い上がってしまう。

「あれ？　瀬山さん、お出かけですか？」

「いえ、窓口に郵便を出しに行くので今日はもう閉めようと思ってました」

瀬山さんがスーツのジャケットを羽織って、バッグを持っていたので尋ねると、どうやら郵便局に行く予定だったみたいだ。

「私で良ければ行きます。大通りの郵便局は十八時まで受付してるんですよね」

「詳しいですね」

「えぇ、私は区役所で働いていて、関係ないこともよく聞かれるので知ってるんです。時間がないので、お荷物お預かりしますね」

「いや、仕事終わったばかりなんでしょう？　ご迷惑かけてしまうので自分で行きます」

「気にしないでください！　私は用事もありませんし、早めに閉めてしまったら、営業時間終了までの間に誰かが訪ねて来るかもしれませんので、瀬山さんは事務所にいてください」

「じゃあ、お言葉に甘えてお願いします」

私は瀬山さんから郵便物の他に切手の購入リストを預かって、郵便局へと急いだ。瀬山さんが言ってた事務員とは、このようなことをこなす人かもしれない。法律事務はできなくとも、通常の事務業務ならば私にもできそうだ。

瀬山さんと一緒に働けたら、毎日が充実感でいっぱいになりそう。生まれて初めて、自分好みのうっとり見惚れてしまうような男性に出会った。それに少しのことでも胸が高鳴り、なぜか温かい気持ちになる。

自転車で怪我をしたあの日から、会いたくてたまらなかった。もっと、瀬山さんとお近づきになりたい。ふわふわして気持ちが落ち着かない。

ああ、きっと私、瀬山さんに恋をしたんだ――


「ただいま戻りました」

「野上さん、ありがとうございました」

私が事務所に戻ると、奥から瀬山さんの声が聞こえる。結局誰も来なかったのか、瀬山さんは給湯室でお湯を沸かしていた。

「コーヒーどうぞ。昼間にクッキーをいただいたんですが、私は甘いものは食べないので、良ければお持ち帰りください」

お客様用のテーブルにコーヒーを二つ並べた瀬山さんは、可愛らしいピンクの紙袋に入ったクッキー缶を私に差し出した。

「いえ、いただけません」

「いえいえ、遠慮なくもらってください。事務所は自分一人ですし、自宅にもクッキーを食べるような人はおりませんから」

押し問答をした末、ありがたくいただいて帰ることになった。瀬山さんの自宅にはクッキーを食べる人はいないということは、一人暮らしなのだろうか？　彼女にあげれば良いのに、そうしないのは独り身だから？　私は頭の中で勝手な解釈を始めていく。

「ありがとうございます。自宅でいただきます」

私はにっこりと笑うが、瀬山さんは軽く頭を下げただけで笑い返しもせずに目を逸らす。

すると瀬山さんが、視線を外したままコーヒーを飲みながら、私にこう尋ねた。

「事務員として働いてくれそうな方は見つかりそうですか？」

誰かいないか考えてみたものの、瀬山さんの事務所の事務員の座を任せてもいいと思える方が見当たらなかった。人づてに探せば見つかるのかもしれないが、そんなことをすれば瀬山さんと二人きりの事務所で仕事をできる権利を受け渡すことになる。

「その件なんですけど……あのぉ、私じゃダメ……ですか？」

恐る恐る、聞くだけ聞いてみることにする。瀬山さんは私を見て驚いたような表情をしていた。

「野上さんは区役所にお勤めですよね？　こんな独立間もない小さな事務所よりも、安定している区役所で勤務を続けてください」

やはり、思った通りに断りを入れられた。それでも、諦められない私は想いを伝えることにする。

「自宅からも近いし、試験を受けたらたまたま受かっただけなんです。確かに安定はしてますが、瀬山さんの事務所で働くことはやりがいがあると思うんです。なので、お願いします！」

「そんなに簡単に決めてしまって後悔はしないですか？」

「し……しません！　わ、私は瀬山さんと一緒に働きたいんです！」

区役所の安定感がある限り、普通に押してもダメだと思った私はこんなことを口走っていた。

「私と？」

「そうです！」

もうなるようになるしかない。

「……珍しい方ですね。独立する前の事務所では周りから毛嫌いされていた私ですが、本当にいいのですか？」

こんなにも親切で、美貌とハイスペック要素を持ち合わせている方が毛嫌いされていただなんて信じられない。

「はい、瀬山さんと働きたいんです！」

「少し考えさせてください。それより、先日お伺いした詐欺の件はどうなりましたか？」

私の考えは変わらないので張り切って返事をしたが、話題を変えてはぐらかされた気もする。

「実は今日はその件で伺ったんです。実はその人、詐欺グループで先日逮捕されまして……」

「そうでしたか。その方は随分と色んな職種に就いていたみたいですよね。残念だな、この事務所のクライアント第一号になってくれると思ったのに」

そんなことを言いながら、妖艶な笑みを浮かべる瀬山さん。不覚にもドキッと胸が高鳴ってしまったが、どこか違和感を感じてしまう。色んな職種に就いていたみたいだと言われたが、皮肉っているような気もする。

「まぁ、百万円を払う前に気づいて良かったですね。相談料は無料なので、他にも何かあればいつでもどうぞ」

クスクスと笑いながら、私を見てくる。天使だと思っていたけれど、本当は悪魔なのか？

これが、私と先生の攻防戦の始まりだった――

＊＊＊

一週間粘りに粘って、私は瀬山事務所の事務員として採用までこぎ着けた。

どうしても一緒に働きたくて、執念だけで仕事終わりに毎日通って、やっと説得に成功した。

区役所に勤めている私に対して、依頼が少ないとフルタイム契約でも定時割れの可能性があり給料面でも安定しないことを何度も確認される。しかし、一週間通った結果、本気だと認められたようだ。

周りには瀬山さんのような紳士な男性はおらず、顔もスタイルも全てがどストライクだった。自分の好みの全てが瀬山さんだったとも言える。初めて自ら一緒にいたいと思った人で、歴代の彼氏のことなどどうでも良くなるくらいに夢中になってしまう。

このように不純な動機も含まれてはいるけれど、地域住民や瀬山さん本人を訪ねてくる方との関わりも多く、仕事内容は区役所で働いてる時と根本的には変化していないと思う。瀬山さんのサポートをしつつ、事務仕事と格闘する日々にやりがいを感じて毎日が充実感でいっぱいである。

やっとの思いで働き始めて一ヶ月後のこと。

「先生……？　起きてください！　私は帰っちゃいますよ」

働き始めてからは瀬山さんではなく、尊敬の意も込めて先生と呼んでいる。

いつの間にか、椅子の背もたれに寄りかかって先生は寝ていた。何度起こしても起きずに定時の時間になってしまう。私は先にタイムカードを押し、先生が起きるのを待つことにした。

「先生！　起きてください」

「何だよ？」

うっすらと目が覚めた先生が、こちらをじっと見てくる。

「スマホの着信が何度も鳴ってましたよ。もう定時を過ぎたので私は失礼しますね」

ぐっすりと寝ていたので、もう少しだけでも寝かせてあげたかったのだが、着信の間隔が短くなっていたので仕方なく起こすことにした。

「……あぁ、もうそんな時間か」

「目覚めのコーヒーを淹れたので飲んでくださいね。では、お疲れ様でした」

先生は寝起きで頭の回転が止まっているようだったので、コーヒーを淹れてから事務所を出た。

翌日に出勤すると先生は朝の挨拶もなしで、不機嫌そうに否定の言葉をぶつけてくる。

「昨日、待ってなどいないでさっさと帰宅すれば良かっただろ」

起きるのを待っていただけなのに、何故こうも機嫌が悪いのか私には分からない。

「ちゃんと退勤したあとだから、休憩しながら居座ろうと問題ないはずですよ？」

私は少しだけ苛立ってしまう。間違ったことはした覚えがないが、どうしてこうも朝から注意を受けるのかが分からない。

「そうだが、起こしても起きない奴を待っているのは時間の無駄だろう。野上にとって何のメリットもない」

「メリットならありましたよ。先生の寝顔が見られました。それから先生が寝ている間に新規のお客様やクライアントの誰かが訪ねて来るかもしれませんから、スマホを見ながら留守番してただけですよ。仕事は一切してませんから、先生に注意をされたくないです」

私は笑顔を作りながら、きっぱりと自分の意見を主張した。

「そんなことはどうでもいい。勝手に遅い時間まで事務所に残って、夜道を歩くな。事件に巻き込まれたらどうするんだ」

「事件？　だって、私の家はここから歩いて十分で着きますよ？　それにその距離で事件に遭うとしたら、私がよほど不運なんでしょうから諦めます」

私が大丈夫だと思っていることに対して、先生は最悪の結末を想定している。以前に何かがあったのだろうか？　知りたいけれど、踏み入れてはいけない気がして、聞くことはできない。

「二度とそんなことを言うな。とにかく、仕事帰りに夜道は歩くな。絶対に、だ」

「分かりました。ごめんなさい」

朝から仕事外のことで注意を受けて、思わずシュンとした顔をしてしまった。私はバッグを自分のデスクの椅子に置くとお湯を沸かしに行く。

「はい、お待たせしました」

先生のことは大好きなのだが、良かれと思ってしたことが裏目に出るなんて辛い。凹《へこ》み気味のまま、淹れ立てのコーヒーを先生に届ける。すると――

「……野上がいなくなったら、淹れ立ての美味しいコーヒーも飲めなくなるからな」

先生がボソッと呟いた。私はその言葉が耳に入り、一気に気分が晴れやかになる。

「私はいなくなりませんし、何なら定年までコーヒーを淹れ続ける気持ちで勤務してます！」

「……ここで働いていたら出会いもないかもしれないんだぞ。一生、独身でもいいのか？」

先生は間を置いてから答えた。

「わ、私には素敵な出会いがありましたけど……！」

「俺は子供に構って遊んでる暇はないんだ。男探しがしたいなら、他の場所で働け」

「分かりました！　その時はそうします」

売り言葉に買い言葉で、つい対抗してしまう。出会った当初はあんなに優しくて紳士的だったのに、今となれば、悪魔のように冷たい日もある。夜道のことといい、子供扱いばかり。

「いや、その前に仕事を一人前にこなしてからにしてくれ。教え損はしたくない」

「何だかんだ言って、私のことが必要なんですね」

「そう思うのは個人の自由だ」

先生の本心は読めないが、受け入れてくれたのだから嫌われているわけではなさそう。時折見せる優しさにキュンキュンしてしまう。まだ出会って間もない先生だけれど、私にとってはきっと運命の人。願わくば恋人になりたい。

しかし、恋人になるには乗り越えなければならない壁があることをこの時の私はまだ知らなかった。

第一章　攻防戦の開幕

木枯らしが吹いて、肌寒い一日。この瀬山法律事務所には代表兼弁護士である瀬山先生と秘書兼事務員の私の二人しかおらず、険悪な雰囲気である。

「一人で留守番の時は営業時間外にして鍵を閉めておけと言ったのに、何故そんな簡単なこともできないんだ」

外回りから帰って来た先生が、呆れた様子で大きな溜め息を吐く。

「だって、閉めている間にお客様が駆け込んでくるかもしれないじゃないですか！　そしたら、お仕事を取り漏らしちゃいますし、いるのに不在対応だなんてお客様にも失礼かと……」

「言い訳はもういい。今後も決まりが守れないならば辞めてもらう。それだけのことだ」

以前も鍵を閉めておくようにと指示されたが、同じように開けていた。その時も注意されたのだが、私は訪ねて来るお客様に対して失礼だと思って逆らう。逆らったわりには来客はなく、更には今回は二回目で先生の機嫌を損ねてしまった。

どうして、私が一人の時は事務所を閉めなければならないのか理解できない。聞いても明確な理由を知らされないまま、毎日が過ぎて行く。

先生の秘書並びに事務員として、瀬山法律事務所で働いている私は野上杏沙子、二十六歳。自転車で走行中に怪我をして先生に助けてもらって以来、お世話になっている。

先生の名前を冠した瀬山弁護士は小さい法律事務所なので、大きな案件などほぼ飛び込んでくることなく、日々細々と運営している感じ。

仕事内容も司法書士が介入できない金額の債務整理や自己破産、財産分与の裁判などが多い。

「全く！　人選は面談等を経て決めるべきだったな」

ブツブツと文句ばかりを垂れ流している先生を上手く交わし、デスクの上に淹れたてのホットココアを置いてみる。

「何だよ、コレは？　コーヒーにしてくれ」

先生が不満そうに私に訴える。

「ココアです。イライラしてる時は甘い物ですよ」

私は先生の言うことを無視をして、事務仕事を再開した。先生は何か言いたそうにも見えるが、無言でカップを口に近づける。

毎日が激務だったという有名な法律事務所を辞め、独立した先生。出会ったばかりの頃に『毛嫌いされていた』と先生が言っていたが、何となく分かった気がする。先生はお客様には優しく接するのだが、従業員には厳しい口調で接する。それでも私は先生のことが気になり出したら止まらなくて、そんなギャップも含めて好きになってしまったのだ。

出会った日に一瞬で心を奪われた私は、振り向いてもらえなくても良いから先生の側にいたいと願う。働き始めて半年になるが、進展など何もない。むしろ、子供扱いされていて眼中にもなさそうだ。

「甘すぎる！」

先生は一口飲んだだけで文句を言い、冷蔵庫からミネラルウォーターのペットボトルを取り出して蓋を開けた。よほど口に合わないのか、一気にミネラルウォーターを喉に流し込んでいる。

「仕事中に甘い飲み物はやめてくれ！　俺は仕事に刺激を求めているんだから！」

「すみません！」

ストレス緩和のために出した甘い飲み物は、かえって逆効果だったようだ。先生は自分でドリップコーヒーを淹れ始め、ほろ苦い香りが私のデスクに漂ってくる。

普段は目つきが悪く、口も悪い先生は依頼に来た方を怖がらせてしまうが、時として逆効果になることもある。少し俯き加減で髪をかき上げる先生からは大人の男のセクシーさが溢れており、私を筆頭に先生の魅力に気づいた女性は怖がるどころかキュンとしてしまうからだ。

キリッと整っている眉、奥二重のシャープな目、すっと鼻筋の通った鼻、薄い唇――左右対称の均整の取れたこの美しい顔に見つめられたら、女性なら誰でも虜になってしまいそう。

実際、債務整理の依頼にきた女性が先生のことを気に入ってしまい、離婚騒ぎになったこともあった。

しかし、クライアントとの約束もなく、事務所にいるだけの日は、裁判中のようにキリッともしていない。髪型もワックスで毛流れを作るわけでもなくサラサラ前髪のままだし、常にノーネクタイでシャツの第一ボタンは開けっ放しなので、やる気すら感じないのが難点なのだ。

「暇だから、お前が俺に刺激を与えてくれてもいいんだぞ？」

先生はコーヒーカップを私のデスクに置き、隣の椅子に座って肩を組んできた。

「え？　な、何言って……」

先生にこんなにも近づかれたことはないので、私の鼓動は早まるばかりで落ち着かない。ドキドキしすぎて肩も竦《すく》んでしまう。

「……暇つぶし、するか？」

耳元で囁かれるように呟かれる。もうダメだ、緊張してどうにかなってしまいそう。先生の吐息が耳元にかかり、くすぐったい。

「あ、あの……暇つぶしって？」

声を絞り出し、問いかける。

「何だと思う？」

何だと思うと聞かれても、答えようがない。男女が二人きりの暇つぶし。想像してしまうことは、いかがわしいこと。先生は私から離れる様子もなく、ついに男女の関係になってしまうのか？　と頭の中はショート寸前だった。みるみるうちに耳まで火照り、顔は真っ赤に違いない。

「お前の考えてることはお見通しなんだよ。だが、一緒に遊んでいる暇はない」

私の肩に乗せていた腕を外し、意地悪そうに言ってきた。

「か、からかいましたね、私のことを！」

本気にしてしまった私は残念に思いながらも、膨れっ面になる。

「勘違いする方が悪い」

ケラケラと笑いながら席を立ち、シュレッダーにかける書類を用意し始めた先生。先生は時々、私の気持ちを知ってて、からかって遊んでいるような態度を取る。

先生が離れてからも顔の火照りは消えず、まだ温もりも微かにあった。ドキドキしているのが私だけなんて、先生はズルい。

先生が、常に男の魅力を取り戻したら仕事も舞い込むはずだ。依頼人の離婚騒ぎはもうお腹いっぱいだけれど。それにしても、相変わらず私のことは子供扱いから変わらない。興味がないとはっきり言われているかのようだ。

「先生って……過去にお付き合いした女性はどんな方でしたか？」

現在、先生にお付き合いしている方がいないのはリサーチ済。一人暮らしだと言っていた先生に念押しで確認して、渋々フリーだと教えてもらうことができた。今までお付き合いした方にもあんな風にからかったり、普段からは想像できないような無邪気な笑顔を向けていたのだろうか？

気になったら止まらなくて、つい口に出してしまった。

「仕事中にする話ではない。少なくとも、野上のようなお子様ではないことは確かだな」

想像通りの返答で安心したと言い切るのは変かもしれないが、歴代の彼女たちが逆に私みたいなポンコツだったとしたら嫉妬してしまうかもしれない。あなたたちが良くて、私は何がダメなのだろう？　と。バリキャリ美人ならば、私自身と比べても天と地の差があるから諦めもつく。

「お前の望む恋愛って何なんだ？」

先生は私の顔を見ながら問いかけてきた。先生からこんな話をしてくるなんて、一体どうしたのだろうか？　先程の流れだとしても珍しい。

「そうですね、私ももう良い大人ですし、学生みたいなお付き合いではなくて、大人の恋愛をしてみたいです」

週末には終電寸前までバーで飲んで、彼のお部屋に一緒に帰って、二人で朝寝坊なんかもしたりして。翌朝には彼に朝食を作ってあげたり、半同棲して彼が帰るのを待つのも良いな。想像するだけで、ドキドキしてしまう。相手が先生だとしたら、尚更……

「お前の考える大人の恋愛とやらは、朝まで一緒に過ごしたり、セックスしたりすることか？」

先生が座っている椅子の隣にいた私は、いきなり腕を掴まれ、先生の顔と私の顔が接近する。綺麗な瞳で見つめられ、唇同士が触れそうな程の至近距離に心臓の鼓動がバクバクと急ぎ足で動き出す。

「セ、セック……」

「違うのか？　何なんだ？」

ストレートな物言いに恐縮してしまい、赤面したまま動けず、反論もできない。お泊まりにはつきものかもしれないが、私はもっと心の繋がりが欲しいと思う。

「大人の恋愛だって……そ、そんなことばっかりじゃないはずです。職場恋愛して、結婚とか、そーゆーのだって、憧れの大人の恋愛だと思いますが？」

「そうか？　とんだお花畑の頭の中だな」

正気に戻れないままに絞り出した答えを鼻で笑われた挙句、否定される。まぁ、こんなことも日常茶飯事なので、さほどは気にはならない。先生は私の気持ちに気づいてるはずなのに、からうだけからかっては強制終了される。完全に相手にされてないのかもしれない。

友人に先生の話をすると私はMだなんて言われる。しかし、私は先生が大好き。前途多難な恋だけれど……！

「お花畑でもいいんです、別に！　何歳になっても素敵な夢を見ることは乙女の権利ですっ」

「権利を主張するなら、いつまでも見習い気分でいないで書類を間違えないように仕事をこなしてほしいものだな」

「……うぅっ、それとコレとは別問題でしょ？　酷い！」

はぐらかされた上に全く別の問題へと話題が振られる。

「ただいま戻りました！　あーっ、またイチャイチャしてる！」

「おかえりなさい！　イチャイチャしてるように見えます？」

「見えます！」

事務所の扉を開けて元気よく入ってきたのは、私よりも四学年下で弁護士の卵の湯河原《ゆがわら》大地《だいち》君。

湯河原君は先生に憧れて事務所の扉を開けた一人で、現在は司法試験に向けて目下勉強中だ。

裁判所での先生の立ち振る舞いは、まるでドラマのワンシーンのように格好良く、傍聴席では法律関係の仕事を目指している未来の弁護士たちの目を釘付けにしていた。女性だけではなく、男性の法曹関係者たちまで魅了してしまう先生は尊敬に値する。

「誰がコイツとイチャイチャするか！　さっさと仕事しろっ！」

注意を受けた湯河原君は苦笑いしながらも、デスクに座って次の仕事に取りかかる。

「先生、債務整理の書類作りに入りますね。それから、こないだの遺産相続の渡辺《わたなべ》さんですが、つい先程、街中でばったり会いまして。旦那さんの時みたいに問題が起きないように遺言書を書くお手伝いをしてほしいそうですよ。近いうちに事務所にいらっしゃるそうです」

「……ふうん？　あのばーさんももうすぐ仏さんになるのか？」

「そんなことはないですよ、全然元気ですからまだまだ先ですよ」

「だよなー！　あの乗り込んできた時の慌てぶりと元気さから見て、あと三十年は生きそうだよな！」

先生は本当に口が悪いのだが、悪気はないらしい。先生と湯河原君が二人で笑いながら話している話題の渡辺さんとは、先日に旦那様を亡くして、遺言書がなかったがために遺産相続で揉めた方である。

私有地を駐車場にしていたのだが、税金の支払い義務やその相続手続きなどなど、他にも色々と問題があり、先生が無事に解決したのだ。

湯河原君情報によると、先生は以前は大手事務所でスケールの大きく脚光を浴びるような弁護をしていたとか。詳しいことは分からないのだが、そういう仕事の依頼が舞い込んだら先生もやる気が出るのだろうか？

「渡辺さんはいついらっしゃいますかね？　お茶菓子とかが少なくなってるから買い足してきて良いですか？」

「そんなに急には来ないだろ？　それにお前、頼んだ書類はまとめたのか？」

「ま、まだです」

「だったら、そっちを先にやってから買い出しに行け！」

ギロリと鋭く睨まれて、資料で机の上を二、三度叩く。湯河原君とは楽しく話してるくせに私には真逆の冷たい態度を浴びせる。

私だって湯河原君のように先生に頼られたいし一人前にもなりたいけれど、法律関係の事務は難しくて息抜きが欲しくなる。

先生の事務所にお世話になってから半年が経つが、まだまだ分からないことだらけだ。以前も事務職だったとはいえ、区役所で働いていたのとは勝手が全然違う。

私の自宅は先生が借りている事務所のすぐ側にあり、先生が引っ越し作業を行っていた時にたまたま通りかかり、転んで怪我していたところを助けてもらったのが縁で今に至る。

先生には運命を感じたので一週間粘って勤務の許可を得てから、一ヶ月後に区役所を辞めた。転んだ時に自転車も壊れてしまったので今は歩いて事務所まで通勤しているが、自宅から近いので区役所勤務の時よりも出勤時間がかなり短縮できる。それに先生に毎日会える利点がある。

「区役所の方が安泰なのに、辞めるなんて馬鹿だな。うちの事務所は設立したばかりでいつ給料が払えなくなるかも分からないぞ？」

先生にはそう念押しもされたが、今のところ一度も給料の支払いが滞ったことはない。

そうして私が加わってから二ヶ月後、再び事務所の扉を叩いたのが湯河原君だった。

「どこかにもいたよな、募集も出てないのに急に来て雇ってくれって奴」

先生はそう言って楽しそうに笑っていた。

とりあえずこの『瀬山法律事務所』の従業員は先生と私と湯河原君の三人しかいないのだ。

湯河原君が弁護士の卵なだけあってサクサクと仕事をこなすのに対して、私はいつまでも初心者扱いの、どちらかと言えば使えない部類の役立たずに近い従業員。

私は主に先生の秘書兼事務系で、湯河原君はドラマの世界でよく知られている法律事務を主に取り扱うパラリーガルとして、先生の右腕となり働いている。パラリーガルになりたいわけではないのだが、少しでもお役に立ちたくて少しずつ湯河原君の仕事のお手伝いもしている。

私は入社して半年が経つ今も間違いが多く、このままではいけないとは思いつつ、日々修行中である。

「先生、いるぅー？」

ブラウン系の重めなクラシックな趣《おもむき》の扉を叩き、元気よく飛び込んできたのは噂の渡辺さんだ。

「さっきね、湯河原君に会って遺言書のお手伝い頼みたいってお願いしたんだけど聞いたかしら？杏沙子ちゃん久しぶりね。これはね駅地下で買ったケーキよ！　このお店、最近のお気に入りでね、週一で通ってるのよ。店員がまたイケメンで……！」

「あ、ありがとうございます。嬉しいです」

相変わらず話がノンストップだなぁ。渡辺さんはいつも元気で、先生は常にタジタジしている。

「渡辺さん、こんにちは。ご依頼ありがとうございます。今日はひとまず、ご相談という形で宜しいですか？」

「はい、お願いします。先生は相変わらず、クールでイケメンね。こんなにイケメンなのに妻子がいないなんて残念だわぁー。誰か紹介しましょうか？　それとも、うふふ、杏沙子ちゃんが彼女なのかしら？」

「そんなことより、あちらでご相談に乗りますからどうぞ」

速攻に彼女という区分は否定された。渡辺さんを無理矢理に応接用のソファーに案内して、先生はスマートにこの場を立ち去る。

全く、顔色一つ変えないんだから。先生は何を言われても動じることはなく、誰に対しても冷静沈着。

渡辺さんは良い人だけれどお節介が過ぎて、来る度にお見合いの話を持ちかけたりするが先生は交わしてばかり。素っ気ない態度なのに渡辺さんも先生が気に入ってるので、用事を作っては押しかけてくるのが日常。

先生は無愛想だけれども、とても親身になって考えてくれるし、渡辺さんみたいなクライアントの方々がご相談のある方にこの事務所を紹介してくれるパターンもある。

小さな事務所だが地域密着型というか、市民の味方のような事務所になっていると思う。

私は先生に怒られもするが毎日楽しく勤務している。区役所にいた頃よりも居心地は良く、それに何より大好きな先生の側で毎日仕事をできることが幸せ――

「では遺言書に書く内容をもう一度考えてから、またいらして下さい。それから毎度言ってますが、事務員を甘やかす手土産は持参しないで下さいね」

先生は笑いながら言っているように見えても、目は笑っていなかった。

「あら、私は杏沙子ちゃんが好きだから買ってきてるのよ？　杏沙子ちゃんも湯河原君も孫みたいに可愛いんだもの。もちろん、先生のことも好きよ！」

うふふ、とニヤけながら、口に手を当てて笑っている渡辺さん。

「お気持ちだけ受け取ります。……湯河原、渡辺様をお見送りして！」

「はいっ」

先生に渡辺様のお見送りを頼まれ、元気よく返事をした湯河原君。先生はめんどくさそうな態度をしている時もあるが、渡辺様のどんなわがままも聞いてあげている気がする。

私も先生の声にはすぐに反応してしまうが、湯河原君も負けずにすぐさますぐ立ち上がり、まるで犬のポチみたいだ。渡辺さんの帰り際に再びケーキのお礼を言い、バイバイと手をヒラヒラと振ってくれたので私も振り返した。

出口の扉まで送るはずだった湯河原君は外に連れ出されてしまい、しばらくは帰って来られない予感がする。

「また渡辺さんは湯河原を連れ出したか！」

「……多分ですけど、家まで送ってもらうつもりでしょうね？　以前もそうでしたから」

「困ったものだな」

渡辺さんは湯河原君のことも気に入っていて、商店街にある自宅まで話をしながら送ってもらうのが毎回のお決まりみたいなものである。呆れ顔の先生は無愛想な顔をして、ケーキの箱を開けて覗き込んでいる。先生が唯一食べられるのは、ブルーベリーソースがかかっているレアチーズケーキ。

「野上、コーヒー」

このお目当てのケーキがあるかどうかを確認してから箱を閉じて、私に向かっていつもの偉そうな口調で言い放つ。

甘い物は苦手だが、ブルーベリーソースがかかっているレアチーズケーキが大好きな先生は本心では喜んでいるのだ。

渡辺さんも先生の好みを私からリサーチ済みなので、他のケーキに密かにお気に入りを紛れ込ませて購入しているのだ。淹れたてのコーヒーと共にお皿に乗せたレアチーズケーキを差し出すと、先生は何も言わずに食べ始める。

ケーキを食べている先生の姿はとても貴重なので、写真に収めたいくらいだ。カップの柄を持つ仕草とケーキを口に運ぶ仕草が綺麗で見惚れてしまう。

「……何だ？　ジロジロ見るなよ。このケーキが良かったのか？」

「ち、違いますけど！」

「物欲しそうな顔してる。そんなに食べたいなら一口やるよ。……ほら？」

先生はフォークでケーキを一口分にサクッとすくい、私の口の前に差し出す。目の前に差し出されたものの、本当に食べても良いのかな……？

「俺が使ったフォークが嫌なら、自分で持って来い」

先生からこんなことをされたのは初めてで、私が戸惑っていて食べられずにいると、先生は差し出した手を引っ込めてケーキを自分で食べてしまった。

「な、何でくれなかったんですか？」

「お前が俺のフォークが嫌で食べなかったからだろ！」

「嫌じゃないです！　食べたいです！　……早く食べさせて下さいっ！」

ガッカリした私は先生に反論して、溜め息を吐かれながらも再度差し出されたケーキをパクリと食べた。甘酸っぱいブルーベリーソースと濃厚なレアチーズが口一杯に広がる。

「もう、やらないからな。他のケーキにしろ」

そう言って私の唇についたケーキをティッシュで拭った瞬間、先生の指が唇に触れた。こうして子供扱いされていても、ほんの些細な触れ合いにドキッとさせられる。

湯河原君がいない時はこうして私のことを構ってくれるが、彼がいると素っ気ない態度を取ってくる。これは先生がいつも言っている『暇つぶし』ということなのか、それとも少しは好意を持ってくれていると思っていいのだろうか……

「何だよ？」

そんなことを一人で考えていたら、思わず先生の顔をじーっと見つめてしまい、先生に睨みつけられる。

まるで彫刻のように整った顔立ちだが、睨みつけられると鋭い眼差しに怖さを感じてしまい、思わず目を逸らす。目の前に立ちはだかる先生の前で、私は右下辺りを見て目を合わせずにいた。

「……っひゃ……！」

先生の左手が私の右頬に触れ、変な声を出してしまう。そのうえ頬に火照りを感じ始めて、ますます顔を上げられなくなった。

先生は一体何がしたいんだろう？　これまで先生に頬など触れられたことなどないので、緊張感が漂う。

「頬にもケーキがついてる。全く子供じゃないんだから」

左手の親指で頬をなぞり、文句を言いながら自分の席へと戻ってしまった。

このシチュエーションはキスされるかも……？　なんて思って、思わず身構えた自分もいいて非常に恥ずかしい。

先生となら、キスもしたい。先生に限って職場でのキスも抱擁もありえないだろうし、そもそも私になんて興味がないのだから妄想にしても非常識だったと思い直す。

「……野上、キスされるとでも思ったか？　妄想ばかりしてないで仕事に戻れ」

「し、してません！」

頭の中を覗かれたかのようにピタリと当てられ、クスクスと面白がって笑っている先生が憎らしい。

いつの日か、先生と対等に向き合えるようになりたいと願う。日々、恋心は膨らんでいくばかりで胸を締めつけさえするけれど……距離感は少しずつ縮まっていると思う。

「野上みたいな恋愛経験の少ない奴が甘い言葉に騙されて結婚詐欺に引っかかるんだろうな？」

「……はい？」

心中穏やかではなく、まだドキドキの余韻が残っているというのに先生と来たら、突拍子もないことを言葉に出した。先程のやり取りなどは忘れたように先生はパソコンを弄《いじ》り出し、並行して仕事用のスマートフォンも操作している。

確かに恋愛経験も少ないし、先生から見たら子供かもしれないけれど、引っかかるかどうかは別問題でしょう？　けれども、私には詐欺グループの一員に騙されたという前科があるので一概に否定はできない。

「恋愛経験は別問題でしょ？　要は結婚願望が強くて焦ってしまったか、本当に好きになっただけじゃないですか？」

「そうか？　じゃあ、例えばだが……野上の憧れている人が三百万振り込んだら結婚するぞって言ったら、するか？」

「したいです！　三百万で結婚できるなら！」

「お前は本当に持って来そうだから、怖いな。それに何度も騙されるんじゃない」

冗談だと分かっていても身を乗り出し、先生に近づいて返答した。そのことに対し、コツンと拳で軽く叩かれる。でも私は憧れの人、イコール先生と結婚できるなら三百万を出しても惜しくはないのだ。

結婚詐欺に遭った方々だって、貢いでいると気づかない振りをして、相手の方と結婚したかっただけなんだから。

純粋な気持ちほど、恋愛に吸い込まれてしまえば厄介なものはない。

抜け出せない負の連鎖から気持ちを断ち切ることができるのは、裏切られたと気づく時だけだ。

「憧れの人が用意しろと言うならば用意しますが、裏切られた時はとてつもない絶望からの怒りを感じると思いますよ？」

「うん、だろうな？　知人の知り合いから結婚詐欺の相談に乗ってほしいと持ちかけられたんだ。突然だが明日の夜は空けておいてくれ。クライアントの仕事が終わってからになるだろうから、夜は遅くなるかもしれないが……一緒に話を聞いてくれるか？」

「良いですよ、夜遅くて帰り道が怖いので先生が送ってくれるなら！」

願ってもない、お近づきになれるチャンスに浮き足立ってしまう。

「はいはい、ラーメンに餃子もつけます」

「……どうせなら、イタリアンが良かった」

遅い時間の相談だし、いつもなら湯河原君に同席を頼むのに頼まないということは相手が女性だと思われる。

以前、セクハラ問題で相談に来たクライアントの時も女性だったために同席を要求された。債務整理などを除き、女性の心身に関わる事は女性を同席させようというのが先生のポリシーらしい。心を落ち着けながら、少しでも相談しやすくしたいと考えているのだと私は勝手に解釈している。

「先生、明日は仕事が終わったら居酒屋とかでも良いですよ？」

あわよくば、朝帰りとか！　明日が楽しみだ。デートではないけれど、先生と二人で過ごせる貴重な時間。

「帰ってから食べるのが面倒だからラーメンじゃなくとも簡単に食べられる物を食べて、送り届けるだけだからな」

「そんなのは明日の雰囲気で変わりますって！　あー、楽しみ！　よし、仕事しようっと！」

呆れ顔の先生はさて置き、思いがけず、恋愛の女神様が微笑んで応援してくれているようだ。

絶好のチャンスは確実に掴み取りたい！

第二章　不意打ちのキス

翌日の夕方六時過ぎに、結婚詐欺に遭われたというクライアントの女性が訪れた。クライアントの女性にとってデリケートな内容かもしれないので、話を聞く際は少人数でとの指示が先生からくだされる。先生の指示に従い、湯河原君は定時で帰り、事務所の中は私たち三人。

私も同じような詐欺に遭ってしまったので、間接的にでも何かお役に立てたら嬉しい。資格も何もないので、直接関われるわけではないけれど……

クライアントの女性は体型もスラリとした目鼻立ちの整った美人さんで、結婚詐欺になんて遭いそうに見えないのに……というのが第一印象だった。

「……なるほど、開業資金と言われてお金を差し出したあとに彼がいなくなったのですね」

「そうなんですよ、スマホも繋がらなくて。どうやら、以前の番号を解約したみたいなんです」

先生は真剣に話を聞きながら、ノートパソコンに時系列や内容を打ち込んでいる。

「そうですか。警察に被害届けは出したのですか？」

「出してはないんです。色々調べたら、民事事件にして弁護士さんに相談した方がお金だけでも取り返せるのかなって思ったので……」

「もちろん、全力で取り返しますよ。……ただ、貸したお金の使い道が他の用途だったという証拠や初めからあなたと結婚する気がなかったなどの証拠が必要になります。できる限りの証拠を集めていただけますか？　集まり次第、策を練りましょう」

「お願いします！」

クライアントの女性の名前は吉田《よしだ》さん。騙された男性は自分のことをカフェ経営者だと偽っていたが、実は雇われ店長だったという。私は二人のやり取りを聞きながら、自分なりに手書きのメモを取っていた。

先生はと言えば……年齢が私とさほど変わらない美人な女性からの依頼だと知っていたからか、

髪型も整えていて、どこからどう見ても良い男過ぎる。先生のタイプの女性なのか、受け答えがいつもに増して丁寧だったりもする。

そして何より、わざわざ専門店に出向いて手に入れた高級豆を自分で挽いて落としたコーヒー。更には有名パティスリーのケーキまで購入している。仕事中に買いに行かされ、経費で落とさなくて良いからと先生が自分の財布からお金を出していた。

私と湯河原君の分も買っていいと言われてそうしたものの、先生の好みのタイプというだけでいつもの相談時に出すお菓子とは違うのが私は不満に思う。……そう、言葉には出さないが、私はヤキモチを妬いている。

クライアントの吉田さんの相談が終わっても嬉しそうに話をしている先生が憎らしい。吉田さんもブランド物のコーヒーカップを持つ姿が綺麗で様になっている。

先生には美人さんがお似合いだってことも百も承知だけれども……私は諦めたくない。吉田さんが事務所を出たあとに私は先生との食事の予定があるのだから、そう自分に言い聞かせて、その場を耐えた。

「もうすぐ二十一時か。予定よりも遅くなって悪かったな」

「きちんと送ってくれれば問題ありません」

予定よりも遅くなったのは先生が吉田さんと話し込んでいたから。何故、そんなことに気づかないのだろう。それほどまでに吉田さんが気に入ったのかな？　悔しいけれど、目の前の美女になんて勝てるはずがないのだからとやかく言うつもりもない。

「お腹も空いただろ？」

「空き過ぎました。ご飯食べたいです」

「はいはい、連れてってやるから。ほら、行くぞ」

バッグを取ろうとした時に、不意に先生から頭を優しくポンポンと叩かれた。私は湯河原君がいない時に与えられるご褒美の甘さに慣れていないので、驚いてバッグを床に落としてしまう。

「仕方のない奴だな」

先生がそう言って、私のバッグを拾って手渡してくれる。私の心臓の鼓動は速まるばかりで、収まらない。そんな何気ない仕草にときめいて呆然と立ち尽くす私を事務所の入口で待ちながら、先生は呆れ顔だ。先生にとっては些細なことでも、私にとっては心臓に悪い位にドキドキするシチュエーションなのだ。

事務所を出たあとは先生の車の助手席に乗せられ、ネオンが輝く街中を車で走る。車での先生との二人きりは二度目だが、緊張してしまい言葉も出ない。

幅広い年代に大人気のパールががった黒のハイブリッド車の中は綺麗に掃除されていて、無駄な物は置かない主義の先生の車は良い香りの芳香剤が漂っている。

「いつもの威勢はどうした？　取って食ったりしないぞ？」

静まり返る私を見ては、からかうようにクスクスと笑い始める先生。怪我をした時に乗せてもらってた時は、ここまで意識してなかったのと、あっという間に自宅に着く距離だったので、緊張も緩やかなものだった。現在は意識しまくりで、身体が石みたいに固まっている。

「わ、分かってます！　……分かってます、けど」

先生が私には興味がないのは実感している。私だけが二人だけの空間に対して意識してしまい、勝手に顔を赤らめているのだ。

「今日は遅くまでいてくれて感謝する。疲れただろ？」

気遣いを兼ねた言葉を吐かれた上に、運転中にもかかわらず、先生からクシャクシャと髪を撫でられた。ドキドキして鼓動が早くなり、更に言葉も出なくなる。先生からの不意打ちは私にとっては、身の破滅になりかねない。

『吉田さんってタイプですか？』

『二人きりになると私に構うのは何故？』

本当は今すぐそう確認したいのに、聞けない。いつもならおちゃらけた調子で気軽に聞くことができるのに、どうしてか今は何もできない。

「ちなみに吉田さんはタイプじゃないぞ。知人ってのが俺の先輩だから、丁寧に対処しただけだ」

先生はあっさりとそんなことを呟く。私のことはお見通しだと言いたいのかもしれない。さ
「え？　何で聞きたいことが分かったんですか？」

「んー？　ずっと顔に書いてあったぞ。お前の一喜一憂してる顔が面白くて、吉田さんには精一杯尽くしてみた」

何だそれは？　酷い、酷すぎる……！

「……先生の馬鹿」

今度は髪をクシャクシャとせずに優しくポンポンと叩かれた。ふと横顔を見ると口角が上がっていたので、恐らく少しだけ微笑んでいたのだろう。

「わ、私は出会った時から先生のことが……」

途中まで言いかけて止めた。本当は好きだと言ってしまいたい。けれども、伝えたら今の関係が終わってしまいそうで怖い。

「えっと……」

言い出せないままに俯《うつむ》いていても、先生は何も言わない。

先生の気持ちはどこにあるの？

私の気持ちを知っているはずなのに決して受け取ってはくれない。同時に突き放してもくれないから、私は宙ぶらりんのままで諦めることもできないままだ。

「この時間じゃ、ファミレスとかしか開いてないか？　野上はガッツリ食べたいのか？」

しばしの沈黙のあと、先生が口を開く。先程の件はまるでなかったことにされたみたいだが、気まずいような雰囲気よりはマシだ。

「お腹空いたけど……夜遅いからそんなにガッツリじゃなくて大丈夫です！　先生と一緒ならファミレスでもどこでも良いです」

本当はお洒落なレストランとかダイニングバーとかに行ってみたいけれど、明日も仕事だからわがままは言わない。二人で過ごせるだけでも充分に嬉しいもの。

「そうか？　ガッツリ食べないと気が済まないのかと思ってたから」

「そ、そんなことないですよ！」

先生はニヤニヤと笑っている。

否定はしたけれど、そんなにも食いしん坊だと思われているのかと思うと恥ずかしくなる。

私の帰宅路から外れた場所にあるファミレスに着き、店内に入ると女性からの視線が鋭く感じられた。

「ほら、何でも好きな物を頼め」

先生はメニューを私に差し出し、自分自身ももう一冊あるメニューを眺める。

先生は何を頼むのだろうか？

先生とファミレス、何ともアンバランスだなぁ。

「俺はステーキにする。お前は決まったのか？」

「あ、えっと……」

先生と二人きりで外食だなんて嬉しいけれど緊張してしまうから、なるべく食べやすい物がいいよね。本当はお腹空いてるからガッツリとステーキが食べたいけれど、先程否定した手前恥ずかしい。

お箸で食べやすい和食膳にしようか、ドリアとかも良いかな？

「特別にデザートも頼んでいいぞ。ほら、パフェとかも食べたらどうだ？」

「ありがとうございます。でも、ご飯食べてから決め……あっ！」

ぐぅ〜きゅるるる。

お腹の音が先生に聞こえてしまう程に大きく鳴ってしまい、咄嗟にお腹を押さえたが止まるはずもない。

「野上もステーキにすればいいよ」

先生は苦笑いをしながら、そう言って一番美味しそうなステーキを注文してくれた。

「先生のライスは？」

しばらくしてステーキとライスが届いた。しかし、ライスは一枚だけで私の方へと差し出される。

店員さんのミスなのかと思い、先生に訪ねる。

「夜は米とかパンは食べない。主食と野菜のみ」

「そうなんですか。ダイエット？」

「ダイエットはしてないけど、夜は酒の分のカロリーを残しておかなきゃならないから」

「なるほど」

先生は毎日、晩酌をするらしい。どんなに疲れていてもバーボンをロックで一杯だけ飲んでから眠りにつくそうだ。先生の一人酒、しかもバーボンロックを飲んでいる姿なんて想像しただけでも格好良すぎて鼻血もの。

「野上は一人でニヤついていて気持ちが悪い」

「え？　そんなことありませんよ！」

慌てて否定するが、妄想が顔に出てしまっていたのだろう。

ステーキを食べたあとは、先生に勧められてデザートもオーダーしたせいでお腹がいっぱい。食事が済んで車に戻ると、先生から口直しにミントのタブレットをもらう。ひんやり感と口の中が辛くて、思わず目を瞑ってしまった。先生はいつも、こんな刺激の強いミントのタブレットを舐めているのね……

ファミレスのあとはどこにも寄らずに自宅まで向かっている。先生の彼女になれば助手席に乗り放題なのだろうか？

先生は信号待ちの時に少しだけ窓を開け、ドリンクホルダーに置いてあるミネラルウォーターの蓋を開けて一口含んだ。信号が青になり、スマートに運転する姿に目が釘付けになる。

「野上は弁護士を目指しているわけでもないのなら、区役所勤めの方が安泰だったのにな」

突然何を言うのかと思えば、区役所を辞めた話だ。先生の事務所で働きたいとお願いした時から、ことあるごとに言われている。

「また、その話ですか！　私は先生のお役に立てたらいいなと思って、この事務所に入りました。今はまだお荷物かもしれませんけど……」

先生はもしかしたら、私ではなく違う誰かを雇いたいのかもしれない。確かに弁護士を目指している訳ではないので、法律関係の書類などはほとんど湯河原君任せだ。パラリーガルとして働ける人を雇った方が先生のためにも事務所のためにもなると理解してはいるけれど、一般的な事務員を欲しいと先に言ったのは先生のくせに。

「野上はできないなりによく頑張ってくれているのは認める」

『できないなりに』という一言は余計だが、褒めてくれているのが分かる。

「それに湯河原もそうだが、地域住民との関わりが持てたのは二人のおかげだと思っている。いつもありがとう」

「……え？」

普段とは違う、先生からの扱いに拍子抜けしてしまった。初めて会った時のような久々の優しい先生に驚いて、先生の声は全て伝わっていたのに咄嗟に聞き返してしまった。

「聞いてなかったのか、せっかく良いことを聞かせてやったのに！」

「もう一度、言ってください！」

「……言うはずないだろ」

聞き返したことによって、結果的に先生をからかうようなことになった。先生にからかわれるのも嫌いではないが、からかうのも好きかも。気持ちを素直に伝えてくれただけでも奇跡だと思うけれど、照れている先生を見られたのも貴重である。

「いつもそんな風に優しく接してくれたら、仕事ももっと頑張れるんだけどなぁ」

先生に聞こえるか、聞こえないかくらいにボソッと呟く。

「そうだよな、でも嫌ならもう俺のことは仕事以外では構うな。誰に何と言われようが、今更……性格は変えられないからな」

しばしの沈黙を打ち破り、次の信号待ちで先生は淡々と言い放つ。先生こそ、私の呟いた言葉が聞こえていた。

甘い顔をしたり、突き放したり、先生は気分屋だ。私のことがそんなに恋愛対象にならないなら、ならないから断るとはっきりと伝えてほしい。

私の気持ちに気づいているのに、はぐらかされてばかりで今日という今日は面白くなくなってしまった。先程の女性に対してのデレデレした態度もあったからか、余計に腹立たしい。

「先生は私にだけ冷たくするから、いじけたくなります。吉田さんにはあんなに優しく接してたくせに、私には嫌味ばっかりだし……」

「まだ吉田さんを気にしているのか、めんどくさい奴だな」

先生と二人きりだと楽しみにしていたのに、自分で雰囲気を壊している。胸の奥が締めつけられて、こんなにもやるせない気持ちになるなんて、恋をしている証拠だ。

「先生がめんどくさい人だから、私もめんどくさい人になっちゃうんですよ」

憧れているだけなら、苦しまずに済んだのに。恋愛感情なんて持たなければ良かった。元彼に振られた時よりも胸が苦しくて、どうにかなってしまいそう。

「……口の減らない女だな！　少し黙ってろ！　人の事情も知らないくせに」

事情とは何だろうか？　先生に確認する間もなく、突然として左ウィンカーを出され、車通りが少ない細い路地に曲がって車を停車する。

先生の急な行動の変化に驚き、唖然としていると突如、口の中に広がるミントの味。後頭部を左手で抑えられ、息も上手くできずに身動きも取れない。

――素っ気のない振りをして、形勢逆転のキスは反則でしょう……？

「お前こそ、いつも思わせぶりな態度を取りやがって。お花畑な考えなお前に大人の恋愛がどういうものか教えてやるから覚悟しとけ」

唇が離れたあと、先生はニヤリと妖艶な笑みを浮かべて再び車を走らせた。私の心も身体も落ち着かず、助手席に乗ってただひたすら、そわそわしてしまう。

初めて交わした、先生とのキス。まだドキドキが収まらない。どうしよう？　大人の恋愛を教えるとはまさか……！　今更だけれど逃げられないかもしれない。未経験ではないが、相手が先生となると胸が高鳴りすぎて破裂してしまうかも。

いつもの軽口とは異なる先生の態度が、私にとっては恐怖すら感じてしまい口を閉ざしていた。私の自宅とは真逆な方向へと向かう車。

どこへ向かっているのか分からないままに車に乗せられていたが、目の前には普段は立ち寄らない高級住宅街が見えてきた。豪華な一軒家、高層マンションが立ち並ぶ全てがオシャレな街並みに圧倒される。

え？　先生は高級住宅街と呼ばれる地域に住んでるの？

「着いたから降りろ」

「え、ちょっと待ってください！」

驚いている暇もなく、高層マンションの地下駐車場に車を停めて、車から降ろされる。先生に手を引かれ、コンシェルジュつきの高級マンションの中に入った。エレベーターで上階まで行き、部屋の中に無理矢理に入らされる。覚悟も何もできてない私は足が竦《すく》んでしまう。

玄関先には、女物のハイヒールやブーツが並べてあったことに気づく。もしかして先生は、本当は彼女がいて、同棲もしているのでは？

「せ、んせ、……私、帰……」

私は怖気づいて帰ろうとしたが、部屋の鍵をかけられ、先生のマンションの部屋に閉じ込められる。殺風景でベッドと小規模なワークスペースしかないような部屋に連れて来られて、身体が固まってしまう。

「したいんだろ、大人の恋愛っていうのを？」

先生はスーツのジャケットを脱ぎ捨て、ネクタイを外し床に落とした。部屋の扉の前で立ち竦《すく》んでいる私に近づき、壁際に押しつける。壁際から動けないように、先生は私の唇を塞ぐ。半開きになった口の隙間から先生の舌が捩《ね》じ込まれ、無理矢理に絡ませてくる。次第に手がジャケットのボタンに伸び、一つひとつ外されていく。

先生はフリーだと言っていたけれど、本当は彼女がいるかもしれない。そうしたら私は浮気相手になってしまう。いや、女物の靴があったのだから絶対にいる。一人暮らしだと言っていたのも彼女がいないというのも、嘘だったんだ。

「せん、せっ、……やぁっ」

濃厚なキスから解放されたかと思えば、首筋に唇を這《は》わせてくる。強引過ぎる先生に対して、身体が岐阜んで縮こまってしまう。彼女に申し訳なくて突き放そうとしたのだが、先生は私の身体を掴んでいて無理だった。

ブラウスのボタンも外され、白のレースのブラジャーが隙間から見える体勢になる。ブラジャーを上にずらされて、露《あら》わになった突起を、先生の舌がつつくように舐め上げた。

「ひゃぁっ、ん……！」

初めての感覚ではないのに、先生にほんの僅かに舐められただけでもすぐに反応してしまう。先生は左側の突起を転がすように舐め、右側は胸全体を揉みしだいたり、指先で突起を撫でたりしてくる。

どうしよう、恥ずかしいのに気持ちが良い。

「っふぁ……んぅ……」

自然に声が出てしまい、必死で押し殺そうとする。声を出さないようにと唇をギュッと噛み締めるが、先生は刺激を与え続けてくるので意味がなかった。唇から甘い吐息が漏れてしまう。

「野上、ココは硬くなってるぞ。気持ち良かったのか？」

指先でピンッと弾かれた突起は、ツンと上を向いていた。私は答えることはせずに、逃げ出そうとしたが先生に抱き抱えられてベッドに降ろされた。私の身体は緊張でガチガチに固まっている。

「こんな風に無理矢理に抱かれるのは嫌だろ？　俺は優しい男じゃないし、手加減もしてやれない。野上が望んでいるようなお花畑な甘ったるいデートもしない。恋愛したいなら、もっと別の……野上だけを愛してくれる人を探せ」

ベッドに横たわっている私にそう言って、先生は自分が外したボタンを一つずつ留め直していく。野上だけを愛する人……つまり、これは先生には彼女がいるという解釈で間違いない。

じんわりと目尻に涙が溜まる。遠回しに振られているのだけれど、諦めがつかない。泣き顔を見せたくなくて、顔を両手で覆った。

「先生には、彼女がいるんですよね？　それなのに。そうなら、最初からそうと言ってくれたら良かった……のに……」

涙が溢れて止まらない。こんなことをして、思わせぶりな態度を取っているのは先生ではないのか？　私は先生だけが好きなのに。

「彼女？　あぁ、もしかして、玄関の靴を見てそう言ってるのか？」

「……はい。同棲してるんですか？」

もうはっきりと聞いてしまおう。その方が諦められるから。元彼よりも大好きになってしまった分、立ち直るには時間がかかりそうだけれども……

「いや、同棲ではなく同居だ。しかも、彼女でもない。そんなことより、泣いてるのか？」

私にとっては一大事であり、そんなことではない。彼女ではないと聞いて安心したが……だとしても女性と同居とはどういうこと？

泣いているのを見られたくなくて顔を覆っている両手を先生にそっと外され、頬に流れ落ちている涙を発見される。すると先生から目尻や頬にキスを落とされた。

「野上が泣こうが、俺は動じない。このままセックスの続きをすることだってできるが、そんなことをしても野上が傷つくだけだ。家まで送るから今日はもう帰れ」

「傷ついたりしません。だって、私は……先生じゃなきゃ……」

勇気を振り絞って好きだという気持ちを告白しようとしたが、上手に言葉にできなかった。組み敷かれる体勢になり、上から見下ろされている私は先生の顔を正面から見ることはせず横を向く。

「それはつまり、俺とセックスしたいということか？」

「ち、違う！　そうじゃなくて！」

先生と大人の関係になりたい。けれど、それは付き合ってからの話であって、先生の気持ちが不確かなままでは身体を重ねたくない。けれども、チャンスを逃したらもう二度と先生との仲は深まらないのかもしれない。

「違うなら送って行くから支度しろ。子供の遊びにいつまでも付き合ってはいられない」

先生が起き上がりベッドの上から降りようとしたので、咄嗟に腕を掴んでしまった。促されるままに素直に帰ってしまったら、明日からはどうやって先生に接したらいいのだろうか？　進展を望めるチャンスは今日しかないかもしれないのに……

「何だ？」

そう聞かれても、どう答えたら良いのか分からない。でも、先生ともっと一緒にいたい。振り返った先生は驚いた顔をしている。

「あ、あの……もう少しだけ、一緒にいたいです」

聞こえるか分からないくらいの、か細い声で伝える。このあとの流れがどうなるかなんて、まるで考えなかった。一緒にいたいという、ただそれだけの気持ちで。

「今、この状況でそんなことを言われたら引き返せなくなるぞ。優しくなんてしないからな」

舌打ちをした先生は、私に再び覆い被さると唇を塞いでくる。今日、何回目のキスだろう？　キスだけで気持ちがよくて蕩《とろ》けてしまいそうだ。

先生は嘘吐きだ。深いキスは荒々しいが、肌に触れる時や今だって……こんなにも優しく接してくれるくせに。

「往生際の悪い奴だな、後悔したって遅いんだからな」

「……んっ」

先生は私の履いているパンツの金具を外し、するりと脱がせるとショーツの中に指を入れて敏感な部分を探りあてた。指先でくにくにと押されるように優しく擦《こす》られる。

もう、頭の中で理不尽なことを考えるのはやめておこう。なるようにしかならない。今はただ、先生に身を委《ゆだ》ねてしまおう……

「野上、下着が濡れてしまいそうな程に潤ってきてるぞ。本当はしたくて堪《たま》らなかったのか？」

くちゅくちゅと敏感な部分と蜜壷の入口を弄《いじ》るだけで、指を中には入れてくれない。もどかしくて、身体を捩《よじ》る。

「ち、違っ……！　せん、せ……が弄《いじ》るからっ」

「じゃあ、やめるか」

先生はショーツの中に滑り込ませていた指を抜く。中途半端に刺激された下半身はうずうずしてしまう。恥ずかしいのを通り越して、もっとしてほしいと願っていた。

「嘘だよ。そんな物欲しそうな顔して煽るな」

そう言った先生の顔は、妖艶な笑みを浮かべていた。あっという間にブラウスを脱がされ、ブラジャーも剥ぎ取られる。

「野上は着痩せするタイプなんだな。形の良い綺麗な胸だ」

先生は両胸をじっと見つめると指先で突起を弄《いじ》り始めた。振り出しに戻ったので、蜜壷はずっと待てをくらった状態のまま。

先生は突起を口に含むと舌で刺激を与えながら、舐めつくす。指を上下に動かしながら、もう片方の突起も弄《いじ》り始める。刺激される度に蜜壷からは甘い蜜が溢れ出した。

「あっ、せんせ……」

「野上、こっちも触ってほしいんだろ？」

先生の指は、次第に下の方へと伸びていく。ショーツを脱がされ、全身の肌が露《あら》わになる。

「先生、やだ……。私だけ裸で恥ずかしい、です」

「綺麗だから、大丈夫だ。気にするな」

綺麗だなんて、本当はお世辞かもしれないが好きな人に言われたら鵜呑みにしてしまう。しかし、無防備な身体が恥ずかしくて掛布団をかけようとして、手を伸ばした。

「何で、お布団かけちゃいけないんですか？」

「かけたら邪魔になる。それにもう、恥ずかしいことをしてるだろ？」

かけようとした布団を剥ぎ取られた。両足の隙間に手を忍ばされ、割れ目の部分を指でなぞられる。つぷ、と指を一本だけ入れられた。蜜壷は簡単に指を飲み込んで、出し入れされると甘い声を押し殺すのが辛くなってくる。

「ここ、すごく濡れてるな。もう一本増やしてやるよ?」

指をもう一本ねじ込まれ、攪拌される。くちゅくちゅという卑猥な水音が部屋に響く。

「二本入れたら、狭くてキツイな」

「せん、せっ。あっ、……んぅ」

六年間付き合った元彼に身体を触られた時は、ドキドキしたけれど大して気持ち良くもなくて。水が滴《したた》るように、秘部が湿ったりもしなかった。どちらかといえば、痛いだけだったのに……。先生に触られると自分の意思とは関係なく、秘部が勝手に潤ってしまう。

「痛くはないか?」

「いた、くない……けど、もっ、やめた……い」

気持ち良くなってきて、欲に溺れてしまいそう。先生と好きの気持ちが通じ合ったわけではないのに、身体は正直に反応してしまい怖い。

「怖気づいたのか? じゃあ、やめるか……」

先生は指を出し入れする速度を上げる。先生はスラリとした長い指を奥まで入れては、激しく攻めてくる。やめるか、って言ったくせに。

けれども、抵抗をする余地もなく、快感を与え続けられている。

「あっ、あん……! ふぁっ」

甘い声が我慢できずに漏れてしまう。初めての快感に酔いしれてしまい、あと戻りはできないかもしれない。

「野上、俺たちの他には誰もいないから……声を我慢しなくて良い」

「んぁっ、あぁっ」

蜜壷を掻き混ぜられ、先生の背中に必死でしがみつく。奥の方がきゅうっと痙攣《けいれん》するような感覚になり、頭が真っ白になりそう。

「急に締めつけてきたな。このままイッていいぞ」

更に激しく動かされ、気持ち良さが止まらない。

もう少しで快感が弾けそうだった時、玄関先の方から誰かの声が聞こえた。

「いおりーくぅーん、いないのぉー？　つまみ、買ってきたよー！」

甘ったるい声と共に足音が部屋に近づいてきているような気がする。

「あれぇ？　女の子、来てるの？　おーい？」

先生は慌てて掛布団を私に被せて、自らも寝たふりをする。そのあとに部屋の扉が開けられたが、フローリングに散らかっている服や下着を見て去って行った。

「せ、先生……！」

私は小声で訴える。薄暗いし、布団を被っていたので顔はよく見えなかったが、同居している方なのだろう。

「大丈夫……だと思う。ただの酔っ払いだ、気にするな」

いやいや、気にならない方がおかしいでしょ。私はベッドから降りようとしたが、先生に背後から抱きしめられる。

「イキそうだったんだろ？」

「ちょ、と……やだ」

「このままじゃ身体が火照ったままだろ？」

先生は背後から手を伸ばしてきて、再び蜜壷の中に指を埋《うず》める。

「……んん」

唇をキュッと閉じて、甘い声が漏れないようにする。激しく動かされる度に、唇を結んでいるのが辛くなり、先生の腕を掴んで指を抜こうとした。先生はそれに気づくと、私の身体を自分の方向に向ける。

「すごく無防備な顔だな。いつもの野上からは想像できない」

「んっ」

先生は私の顔を見つめると唇を塞いでくる。

舌を絡め取られ、息をつく隙もない程に荒々しいキスに酔いしれた。同時に蜜壷の中の一番気持ち良い部分を探りあてられ、そこを執拗に攻められる。

「……んんっ」

先生は私の限界が近いと悟ったのか、指の動きを緩めようとはしない。先生の指が動く度に、私は背中にしがみつく。こんなにも強い快感を与えられて、私は身を委ねるしかなかった。

先程と同じように蜜壷の奥がきゅうっと絞まる感じがして、頭の中が何も考えられなくなる。快楽の波に耐えられず、先生の背中に爪を立ててしまった。

「……はぁっ」

「上手にイケたみたいだな」

初めての快楽が弾けた感覚に、下半身はまだ痙攣《けいれん》している。塞がれていた唇が解放されると、呼吸をゆっくりと整えていく。

「先生……背中に爪を立ててごめんなさい」

「大して痛くもないから、平気だ。それよりも、同い人が帰ってきたからシャワーを貸せなくて申し訳ないけど……」

そうだった。先生にされるがままに流されてしまったけれど、部屋の扉も開けられて秘めごとも知られてしまっている。冷静に考えると、とてつもなく恥ずかしい。

「はい、今度こそ送って行くから」

先生は先に降りて、私の下着や洋服を拾い集めるとそっとベッドの上に置いた。同居人の方に見られたのも、いたのにもかかわらず行為を続けていたことも、下着を拾われたのも私だけ裸なのも、全部が恥ずかしい。

それなのに、先生は平然としている。こんなことが日常茶飯事で大人の余裕があるからなの？

私はそそくさと身支度を整えて、同居人の方に出くわす覚悟を決める。夢の中から急に現実に引き戻されたような感覚に残念に思いつつ手にバッグを持ち、先生と一緒に部屋を出る。

「おい、こんなところで寝るなよ！　野上、悪いけど帰る前に手伝ってくれるか？」

「はい、大丈夫ですけど」

心臓をバクバクさせながら恐る恐る部屋を出たのも束の間、くぅくぅと寝息を立てながら廊下で寝ている女性。センサーで明かりが灯る廊下なので、彼女の顔がよく見える。

寝顔が綺麗な女性。ダークブラウンの長い髪がフローリングに乱れたまま、パンツスタイルのスーツに身を包み、身体を丸めて横向きで寝ている。本当は先生の彼女だとしたら、最後まではしてないとはいえ、私に手を出してしまうのは最低だな。

そんなことを考えつつ、先生に言われるままに彼女の部屋らしき扉を開け、ベッドの掛け布団を捲《まく》る。彼女は先生に抱きかかえられ、ベッドに降ろされた。

「んー？　いお、りくん？　まだ飲み足りないんだけどぉ」

「いいから、寝ろ」

「分かったー。明日の朝、送って……」

「はいはい」

ぼんやりとしている彼女からは、かなりお酒の匂いがした。一旦、目を覚ましたかと思ったが、すぐに眠りについたみたい。静かに扉を閉めて、私は玄関に向かう。

先生は鍵を閉めて、約束通りに私を自宅まで送り届けてくれる。

「本当に、あの酔っ払いには世話が焼けるんだ」

「そうなんですね……」

先生との関係性は？

先生と一緒に暮らしているのは何故？

それに……同居人の方が帰ってきたからか、先生は最後まで私を抱かなかった。先生は何故、私のことを抱こうとしたのだろうか？

たくさん聞きたいことがあるのに言葉にできない。

「まずいな、二十三時を過ぎてしまった。野上は帰りが遅くなると連絡したのか？」

「はい、ファミレスにいる時にしましたから大丈夫です」

もう二十六歳だから、無断外泊しなければ大丈夫。先生と一緒だということが分かれば心配もしてないはずだ。

気がかりがたくさんあって、先生から話を振られても会話が続かない。自宅までの距離は比較的には短いのだが、沈黙で胸が張り裂けそう。

あんなことがあってからの完全なる二人きりというのもあるが、先生が何を考えているのか理解できないからだ。

せめて、同居人の方の素性が知りたい。そこからの私を抱こうとした理由も知りたい。

形成逆転のキスから、私と先生の関係が一気に変化したので混乱中。

頭の中は整理できないまま、自宅までの距離はどんどん縮んでいった——

第三章　恋愛初心者はどっち？

——翌朝、私は遅刻寸前の時間まで深い眠りについていた。両親はとっくに仕事に出かけていて、誰もいない。よりによって二人とも早出の日だったらしく、起こしてすらもらえなかった。

慌てて飛び起きて、身支度を整える。そのあと、バナナを小さく切ってガラスの器に盛り、プレーンヨーグルトをかける。そこに自家製のブルーベリージャムをかけたものを喉につかえない程度に急ぎながら、口に運ぶ。本当はコーヒーだけでも良かったのだが、朝食を抜いてしまうと集中力がかけるので、極力抜かないようにしている。

もうすぐ八時半を過ぎてしまう。瀬山法律事務所までは走れば五分で着く……ような気がする。事務所まではゆっくり歩いても十分以内に着く距離なので、いつもはゆとりを持って二十五分過ぎに出て、四十五分過ぎにタイムカードを押していた。

昨日は先生との秘めごとの余韻に浸ることなく、シャワーを浴びてベッドに寝転び、アラームもかけずにそのまま眠りについていたらしい。夜は両親も既に寝ていて顔も見ておらず、妹だけは起きていたが友人と電話している声が聞こえた。そんな妹は大学生でまだ眠りについている。妹には起こしてもらおうとは思わないけれど、両親がどちらも早出だったのは誤算だった。

バッグを肩にかけヒールを履いて、自宅の外に出る。自宅の鍵をかけたら走り出す。

十月末だが、今日は風も冷たくなく、朝の気温も低くない。日が差せば暖かくて過ごしやすそう。

昨日、先生とあんなことがあったのに、いつも通りに寝てしまうなんて……！

私は繊細さに欠けているのだろうか？　確かに送りの車の中でも眠気はあって、車の心地良い揺れで今にも寝てしまいそうだったけれど。

元彼とも、あんな風に気持ち良くなったことなんてなかった。頭が真っ白になるほどの初めての快感に身体は対応しきれずに疲労感が半端ない。今もまだ、身体が重だるいような変な感覚がする。

先生が手慣れているせいか、全く痛くなかった。むしろもっとしてほしいような、いかがわしい気持ちに包まれた。

あぁ、今頃思い出してしまった。走って少し暑くなった身体は違う意味でも火照りだす。今の私の顔はきっと真っ赤だろう。先生にどういう顔をして会えば良いのか……

「あ、野上さん。おはようございます！　今日はいつもより、遅かったですね」

「お、おはよう。寝坊しちゃって……」

観葉植物を日向ぼっこさせようとして、事務所の外に出す作業をしていた湯河原君に出会った。

「珍しいですね。昨日、遅くまでお仕事お疲れ様でした」

湯河原君は爽やかな笑顔を私に向けて、ぺこっとお辞儀をした。

「あっ、そうなの。事務所出たのも遅くて疲れちゃって……」

「クライアントとの約束時間も遅かったですもんね」

遅くなったのはその原因もあるけれどそれだけではなく、本当の原因は先生……だなんて湯河原君にはさすがに言えない。

「そうそう、クライアントが来るまでの時間、先生と何か進展はありましたか？」

コソコソと耳元付近から尋ねてくる湯河原君。クライアントが来るまでの時間は何もなかったが、その後が問題ありだった。湯河原君には絶対に伝えられない。

「いつも通りだったよ。お腹が空いて、先生にファミレスに連れて行ってもらったけど。そのくらいしか……」

私は苦笑いを浮かべながら、秘めごとの件は必死に隠そうとした。すると、背後から聞き慣れた声がしてくる。

「そのくらい、じゃなかっただろ？　アレもコレも、湯河原に話してやったらどうだ？」

「うわぁっ、せ、先生……！」

アレもコレもって、まさかの秘めごとも？　ただでさえ、真っ赤だと思われる顔が更に火照りを増してくる。

「えー！　何かあったんですね！　コーヒー淹れますので聞かせてください！」

湯河原君は目を輝かせている。ファミレスのこと以外は何も言えることなどない。それなのに、先生はわざと煽ってきた。

本当に性格が悪すぎて、尊敬に値する。

私の気持ちなんて、気にも留めてないくせに、いつもこうしてからかわれてばかりで悔しい。

先生はいつもの駐車場とは別方向から歩いてきたので、事務所に着いてからコンビニにでも行って来たのかもしれない。小さなビニール袋を手に持っている。

「せっかく走ってきたのに残念だな。九時過ぎたぞ」

左腕につけている時計を見て、淡々と指摘してきた。

「あっ、本当だ！　オマケしてください！」

私は先生の時計を覗き込んで確認する。五十分には着いたのに、湯河原君とも話をしていたため、時間をロスしていたようだ。

「正当な理由がない遅刻は対処致しません！」

先生は私に悪たれをつき、事務所の扉を開けて先に入った。すると私のタイムカードに手書きで八時五十五分と記載し、小さめの印鑑を押す。結局、何だかんだ言って先生は対応してくれるのだ。

湯河原君はコーヒーを淹れてくれて、事務所の中いっぱいに良い香りが漂う。

「野上さん、先生はパンを買いに行ってくれたんですよ。近くのパン屋さんが今日、リニューアルオープンなんですって」

「そう言えば、渡辺さんからそんな話を聞いたような気がする……」

先生が自らパン屋さんに足を運ぶとは珍しいこともあるものだ。先生の動向は湯河原君から教えてもらうことが多く、秘書も兼務している私にも知らない情報もある。

先生の動向以外にも、こういうちょっとした街中のことは、湯河原君の方が詳しい。私は事務を主としているが、湯河原君は事務以外にも裁判所に出向くこともある。その往来の間に近所の方が話をかけてくれて話題を仕入れてくる日もあれば、クライアントを連れて帰って来る日もあった。

「……で、クライアントが来るまでの間、先生と野上さんはイチャイチャしながら、いつものように話していたんですか？」

湯河原君は興味本位でニヤニヤしながら聞いてくる。

「いや、仕事に関係のない話はしてない。湯河原が帰ったあとはきちんと仕事させたから安心しろ」

先生は否定しながら、クロッワッサンに卵とハムがサンドされたものを食べている。朝はきちんと食べる派なんだなぁ。私と湯河原君も先生が購入したパンをいただいている。

「てっきり、イチャイチャしてるのかと思いましたよ。ファミレスのあとは送ってもらったんですか？」

「そうだよ。ちゃんと送ってもらって……」

湯河原君の質問に返答したいのだが、その先は言葉にできない。先生は聞こえないふりをして、コーヒーを飲んでいる。私は横目で先生を見るが、特に何も言わない。

「それだけ、ですか？」

「そ、それだけ……だよ」

湯河原君は少し不満そうに尋ねたが、私は話を終わりにしたかった。先生が同棲していることとか話したいことはたくさんあるのだが、プライベートにかかわることだから私の口からは言えない。少しでも話したら、綻《ほころ》びも出てきそうだし。

「それだけ、じゃないよな？」

「え？」

先生が急に口を挟んできた。

「野上と俺は……」

「ちょ、ちょっと！　言わないでー！」

慌てて否定する。先生に限って、昨晩の秘めごとをバラすような人ではないと思うけれども、突拍子もないことを言う人なので予測不能。私は一気に恥ずかしくなり、顔から耳まで火照り始める。

湯河原君は私の気持ちを知っているし、一緒に先生にアプローチかけてくれてるのは分かるのだけれど……昨晩のことを知られたら、逆に引かれてしまいそう。湯河原君は純粋だから、大人の駆け引きに巻き込みたくないのもある。先生が付き合ってもいないのに、そんなことする人だと軽蔑されるかもしれない。

様々な想いが頭の中を駆け巡り、パニックになってしまいそう。

「野上、何をそんなに慌てているんだ。そんなにバラされたくないんだな？」

「あ、当たり前です！　だって、あんな……！」

先生はバラす気満々だ。悪魔の微笑みを浮かべている。万事休すだ。

「俺と野上は……ステーキを食べた。俺はステーキのみで、野上はステーキにライス、食後にパフェも食べた。湯河原が帰る前にケーキも食べただろ？」

あ、何だ。そんなことか……。私は拍子抜けして肩を落とした。興奮気味だった思考回路が一気に落ち着いて冷静になる。

「食べましたよ。フルーツショートも」

　クライアントの吉田さんに出すために買いに行ったパティスリーのフルーツ盛りだくさんのショートケーキ。湯河原君が退勤前に、紅茶を飲みながら一緒に食べた。

「渡辺さんが餌付けしたくなる気持ちがよく分かった。食べてる時は本当に幸せそうで、ご利益がありそうだからだな」

　ご利益って何で？

「分かる気がします。野上さんは本当に幸せそうな顔をしてますからね」

　二人で笑っている。私は腑に落ちないが、笑い話で済んで良かった。

　朝から、こんなに雑談をしているのは珍しい。私が変に意識しないようにとの先生の計らいなのだろうか？

「二人とも食べながらでいいから、そのまま聞いてほしい。湯河原には後程、昨日のクライアントの概要について詳しく説明するが……その前に簡単な説明と今後の流れについて話す」

　吉田さんの相談内容について、先生は湯河原君に簡単に説明した。

「相手の男性についての情報は掴んでいるが、どうやら本名ではないらしいのと、毎回名前を変えて婚活パーティーに参加しているとのこと。そこに潜入して、婚活パーティーに参加してもらおうと思う」

　私と湯河原君は目を合わせて、わくわくしながら先生を見る。

『潜入』……とても格好良い響きで是非ともやりたいと私たちは思っていた。そんな私と湯河原君を見て、先生は呆れたような顔をしている。

「必要な業務であって遊びじゃないからな。しかも、休日出勤だ。もしかしたら、その男性自体はいないかもしれないから、参加損になる可能性もあるが、それでも良かったら頼む」

先生は湯河原君の肩を叩いて、スマホから婚活パーティーのサイトを探していた。

「はい、頑張ります！」

湯河原君は張り切って返事をする。

「先生、私も参加していいんですよね？」

先生は私には目を合わせない。もしかしたら私は除外かと思い恐る恐る聞くと、即答された。

「ダメに決まってる」

「な、何でですか？　女性が行った方が捜査もしやすいじゃないですか！」

「ダメなものはダメだ」

何故、私はダメだと言われるのだろう？　先生は聞く耳を持たず、仕事を開始してしまった。

「何かあってからでは困ると思ってるんじゃないでしょうか？　先生は野上さんが心配なんですよ」

「そうかなぁ……」

湯河原君はそう言って優しく微笑んだ。心配してくれるのは嬉しいけれど、私も先生の役に立ちたい。ターゲットが女性なのだから、私が行った方が絶対に内情を探りやすいのに。それに一人ではなく、先生や湯河原君もついて来てくれるのだから何も怖くない。

仕事中に先生が、共有データとしてサイトのURLをメールに添付してきた。先生から送られたURLを開いてみると、婚活パーティーは結婚相談所が開催しているものだった。結婚相談所に登録しなくても参加できる婚活パーティーで、少人数制ではない。毎回五十人以上が参加とある。普通はどのくらい参加人数がいるのだろうか？　内容にもよるのかな？

結婚相談所は結婚式場も運営していて、式場のバンケットルームでの開催とある。挙式をしないカップルも多いので、挙式勧誘もしてるわけか。婚活パーティーからの入籍で、挙式もしてもらって式場には二度美味しいカラクリだ。

婚活パーティーの写真が掲載されていたが、美男美女ばかりだった。よくよく目を凝らしてみると、これはイメージだと記載されている。年齢層が幅広い婚活パーティーもあれば、アラフォー以上参加のものもある。どれも女性は少しだけ、料金が安い。

「野上には送らなければ良かった。サイトばかり真剣に見て事務仕事が進んでないみたいだな」

「い、今、サイトを閉じようとしてました！」

ついつい見入ってしまっていたのを先生は見逃さず、ジロッと睨まれて身が固まる。

先生は至って普通で、何事もなかったかのように過ごしている。私は意識しないようにするのが精一杯。なるべく先生を視界に入れないようにして、仕事に集中したい。

十一時からクライアントの無料相談が入っていて、午後にも二件。湯河原君は法務局に行く用事があるみたいだけれど、今日は相談だけで三件も入っているので先生と接する時間も少なくて済みそう。さて、サクサク仕事しよう！

昼下がり。湯河原君は法務局に外出してしまい、クライアントが来るまでは先生と二人きり。仕事をしながら、意識が先生に向かないようにする。

「野上、昨日のことなんだが……」

「何でしょうか？」

先生が小さな声で呟く。仕事に集中していたが、私は先生の声を聞き逃さない。急に昨日のことについて話しかけられた私は驚いたが、平静を装って返した。

どうせ、出来心だったとでも言うつもりなんでしょう？　次第に心臓がバクバクと速まり出して、落ち着かなくなる。

「野上が自宅に来たことは、湯河原には言わないでくれ」

「言わないですよ、絶対」

あんなことがあったのに言うわけがない。正式に付き合ってるなら、気軽に自宅にお邪魔したと言えたかもしれないが、私と先生の関係はそんなんじゃないもの。ただの口止めかとガッカリしてしまう。

これ以上、何を話したらいいかも分からないので仕事を再開しようとした。先生は自分の席から私の側に来て、デスクの上に透明な袋に入ったシュガーラスクを置く。

「これ、今朝行ったパン屋でもらった。一つしかないから、野上にやるよ」

「ありがとうございます」

湯河原君の分がないから、わざわざ私と二人きりになるのを待ち構えてたの？　先生って時々、学生時代みたいな甘酸っぱいことをする。これを学生時代にされてたら、自分は特別なんだと誤解するやつだ。

「同居人のことが気になっているかと思うが……アレは妹だ」

先生が背後に立っていたので、椅子をくるんと回転させて後ろを向く。

「え？　そうなんですね。先生に妹さんがいらっしゃったとは初耳です」

先生の妹だから、あんなに寝顔が綺麗だったのね。

「妹と同居してるなんて、湯河原にバレたくないから絶対に言うな」

そんな理由で口止めされたとは、唖然としてしまう。どうせ何故なのかを尋ねたところで、見栄っ張りの先生のことだから、妹と同居なんて格好悪いとか思っているのだろう。私は先生が彼女がいる最低だなんて一瞬でも思ってしまったことを心の中で謝ると同時に、

「分かりました、絶対に言いません！　その代わり……」

私は先生の役に立ちたい。

「ダメだぞ、婚活パーティーに参加するのは！」

「な、何でダメなんですか？　私も協力したいだけなのに！」

先生には私の考えていることがお見通しで、先に断られてしまった。

「本当は女性の野上が参加した方が良いのは分かってる。しかし、何をやらかすか分からない野上は危なっかしくて単独では行かせられない。のほほんとしてて本当にカモにされそうな野上を行かせたら、違うトラブルにも巻き込まれそうで困る」

「信用されてないんですね、私。それにいつも子供扱いされてるし……」

湯河原君は先生が心配してるからだと言っていたが、実はそうではなく、ただ信頼されてないだけかもしれない。そう思うと悲しくなってくる。異性としても見られてなく、仕事上でも信頼されてないなんて。

「信頼してなくは、ない」

「まわりくどい言い方ですね」

「お前こそ、可愛くない言い方だな」

売り言葉に買い言葉。先生は私にだけ意地悪を言う。

「それに野上は大人のふりなんかしなくていい。自分のペースで大人になればいいんじゃないか?」

「……え?」

先生はそんなことを私に言いながら、頭をポンポンと優しく叩く。

「野上が聞きたかったのは、同居人のことだけじゃないんだろ?」

「そ、そうですけど」

私は恥ずかしくなり、下を向く。昨日の夜のことを思い出し、顔が火照り始める。

先生はどう思っているのだろう? 知りたいけれど、知ってしまえば今の関係が終わってしまいそうで怖い。

「野上の気持ちは大変ありがたいけど、受け取ることはできない」

真上から見下ろされて放たれた言葉は一番聞きたくなかったものだった。お互いに目を合わせていたが、私は我慢できずに涙を溢れさせてしまう。

結果なんて、最初から分かっていたはずなのに。こうしていざ突きつけられると、胸が痛い。元彼に振られた時よりも辛くて悲しくて、胸が張り裂けそう。好きだとも伝えてないのに、先生は私の気持ちまで知ってるからタチが悪い。

「ごめん……」

そんな一言で片付けられても、頭の中が整理できない。昨日の秘めごとなんて、先生にとってはなんてことのない日常の一コマだったと知る。最後まではしてなくとも、あんなに甘くて濃密な時間なんて、私にとっては初めてだったのに。

「私、まだ何も気持ちを伝えていませんし、事務所も辞めたくありません。先生はゆっくり大人になれば良いって言いましたが、私は早く先生みたいな格好良い大人になりたい」

これ以上泣かないようにと唇を噛みしめて我慢する。私は先生に胸の内を伝えたあと、椅子を回転させて背を向けようとした。

「野上……！」

先生は私が背を向けるのを阻止した。私の右腕を引き寄せ、自分の胸元に収めた。

「や、です！」

自分から突き放したくせに、私を引き寄せて抱きしめるなんて、先生は身勝手過ぎる。流れ出した涙を拭けないままに抱きしめられ、身動きも取れない。

「スーツが汚れちゃいます！」

そう言っても先生は離してくれない。

先生よりも六つ下だから子供っぽく見られても仕方ない。言動も行動も、外見も……全てがそう見える原因なのかもしれない。けれど、私は自分の気持ちを正直に伝えるまでは先生のことは諦めたくない。

仕事も一人前にこなせるようになって、立派な女性だと自覚できる日が来た時に気持ちを伝えようと思う。それがいつになるのか分からないが、それまでは、迷惑かもしれないが先生のことを想い続けたい。

「俺は格好良くなんてない。野上の方がずっと芯がしっかりしてる。事務所では必要な人材だから、辞めないでずっと側にいてもらえると助かる」

突然の喜ばしい言葉に戸惑う。

「な、何で……突き放したのに、抱きしめたりするんですか？」

「さぁ、何でだろうな？」

私は先生の胸元に顔を埋《うず》めて尋ねた。先生は質問返しをしただけで、答えとしては成立していない。

「ズルいですよ、先生は……。諦めろって言ったくせに」

「うん、そうだな。自分でも不思議なんだが、諦めてほしいと言いながら、そうしてほしくない気持ちも混在しているんだ」

そんなことを聞かされたら、余計に涙が溢れてしまう。

「弄《もてあそ》ばれてる感じがして辛いです」

「俺はそんなつもりはない。突き放したいのに突き放せない、この感情は何だろうか？」

間違っても、それは私に聞くことではないはずだ。ほんの僅かでも、私に興味があるという気持ちの表れだろうか？

「そんなことを私に聞くのはおかしいですよ。先生は優秀な弁護士なのに、恋愛未経験みたいなことを言わないでください」

「弁護士資格と恋愛は関係ない。確かに未経験ではあるな。野上みたいなタイプは対処法に困る」

それを先生が言わないでほしい。対処法に困っているのは明らかに私であって、先生ではないはずだ。

「それは私が六つも年下だからですか？」

「違う。野上は無邪気さ全開で……何と言うか、お気に入りオーラを浴びせられて、更には一喜一憂も分かりやすいから、無碍にできないというか……」

私のは異性としての好きだが、先生の感情は母性本能みたいなものかもしれない。つまり、無条件に好きだと言ってくれる我が子が可愛いみたいな？

……だとしたら、先生は私に対して恋愛感情を抱くことはないかもしれない。

「先生の私に対する位置関係はよーく分かりました。仕事しますし、クライアントが来る時間も迫ってますのでデスクに戻ってください！」

私は先生の腕を離そうとしたが、力強くて振りほどけない。

「先生……？」

「野上は弁護士の仕事に足を突っ込まないでくれ。お前は自分が与えられた仕事だけしていれば良いし、それ以外のことは何もしなくて良いから」

それはつまり、長年働いたとしても私は湯河原君みたいなパラリーガルにはなれないと忠告されたようなものだ。しかし、弁護士を目指しているわけではないので、それでもかまわない。私はどんな形でも、先生の側にいて手助けしたいだけだから……

「分かりました。これ以上、婚活パーティーにも行きたいって言いません。先生の邪魔はしないように仕事を頑張りますので……そろそろ、離してください」

先生の抱きしめる力が緩まずに、すり抜けられない。

「いやだ、と言ったら？」

先生はそんなことを言ってきた。私は先生の顔を見上げて、こう返す。

「パンチするか噛みます」

「噛めるもんなら、噛んでみろ」

「んぅ」

顎をくいっと上げられて、貪りつくように唇を塞がれた。後頭部を押さえられるようにキスをされているから、逃げられない。悔しいけれど、先生にはされるがままでもいいとさえ思ってしまう。

私は先生にどう接してほしいのだろう？

真意が不透明な不意打ちのキスにさえ、抗えない。昨日から流されるだけ流されるのも悪くないとさえ思ってしまう自分もいる。

「噛まなかったんだな」

「本当に噛むわけないじゃないですか」

唇が離されたあと、私は先生の頬を軽めにつねった。気持ちを揺さぶられている腹いせに、このくらいしてもバチは当たらないでしょう？　本当は噛むか、パンチするか、そのくらいしてやりたいけれど。

「先生みたいにめんどくさい人の秘書なんて私にしか務まりませんから、当面の間、辞めるつもりはありません。……なので、私は今まで通りに仕事をこなして定時で帰ります」

心の内をさらけ出すと先生は私から目を逸らし、そっぽを向いた。

「はいはい、ご自由にどうぞ」

「そんな言い方、ひど……。いっ、た！」

先生に面と向かってもの申したあとに鼻をつねられた。少しだけ痛い。これが弁護士のすることなのかと疑うほどの大人げない行動に思わず笑みがこぼれる。先生に笑うなと注意を受けたが、笑わずにはいられない。ふと見た先生の顔が、ほんのりと赤かったのだから。

「本当は私のこと……」

「好きじゃない」

否定も即答だ。先生は手慣れていそうに見えて、実はまるで恋愛未経験の初心者みたい。

いつもは無表情でつまらなそうにしている先生だけれど、この可愛らしい態度にキュンとする。

私はこのギャップも含めて先生が好き――

しばらくして、クライアントが予約時間の五分前に現れた。そのあとに湯河原君も戻って来て、一緒に同席している。先程のキスと可愛いギャップがまるで嘘のように、先生は涼やかな印象を醸し出して相談に乗っていた。

クライアントが来る日の先生の格好良さは格別で、渡辺さんが用事もないのに遊びに寄る気持ちが分かる。忙しくて会話ができなくても一瞬だけでも拝めたら、幸せ。

「おねーたん、くっきぃ食べるぅ？」

「ありがとう。いただきます」

午後一件目のクライアントは子連れのママ。夫の浮気が原因で離婚したいそう。私はお子様を預かり、おままごとをしていた。お子様はカズくんといって、三歳になったばかりの男の子。すぐに懐いてくれて、ニコニコ笑顔が可愛い。

事務所の角にあるキッズコーナー。そこはお子様が自由に遊べるように塗り絵やおもちゃなどが置いてある。おままごとのクッキーをカズ君から受け取り、食べる真似をしたり、二人で料理を作る真似をしていた。

「おねーたんの好きな食べ物はなぁに？」

「んー、ケーキかな？」

「カズ君もケーキだいすきー！　一緒につくろっ」

おままごとのボールに泡立て器。カズ君はきっと、ママが作ってくれるケーキを思い出しながら真似事をしているのだろう。こんなに可愛いのに、カズ君のパパは離婚したら月に数回しか会えなくなるなんて……残念で仕方ない。浮気は決して許されることではないけれど、カズ君のパパがどうにか信用を取り戻して復縁してほしいとも願う。そんなことは綺麗ごとかもしれないけれど……

「では、お考えがまとまりましたら、またいらしてください。考えてる最中に相談事が出てきた場合は、遠慮なくお申しつけくださいね」

「はい、ありがとうございます！」

クライアントであるカズ君のママは事務所に来た時、暗くて沈んだ顔をしていたが、帰り際は元気になったように見えた。先生と湯河原君に話を聞いてもらって、少しだけ気持ちが楽になったのかもしれない。

「おねーたん、パパにもケーキあげたいねー。きっと、おいしーって言うよ。パパもね、ママのケーキだいすきなんだよ」

「そっかぁ、ママはお菓子作りが上手なんだね」

カズ君はマジックテープで貼りつけられて輪になっているプラスティックのケーキから、一つ剥がしてお皿に乗せた。カズ君は話し合いが終わったと分かるとママに近寄り、ぎゅうっと抱き着く。

「ママー、ケーキ！」

「わぁ、ありがとう」

「ママ、パパにもケーキあげたい。カズ君もケーキ手伝うから一緒に作ろ」

「えっ……」

カズ君の言葉にママは驚いて、我に返ったような表情をしている。離婚の覚悟を決めた時の晴れ晴れしい顔とは裏腹に表情が曇っていく。

「カズ君、今日はお姉さんと遊んでくれてありがとう。おままごと楽しかったね」

私はカズ君の気を逸らすように話しかけた。

「うん、またおままごとしようね」

カズ君はミニカーや電車遊びよりも、おままごとが好きみたい。仕事で忙しいと家を空けているパパを待ちながら、ママと一緒に料理をするのが好きだと話してくれた。

二人が帰った三十分後くらいに次のクライアントが来て、私はコーヒーを淹れたりしてもてなす。今日のお昼ご飯は先生から頂いたパン一つだったので、お腹が空いてきた。朝はバナナヨーグルトに先生から頂いたパンを一つ食べて、お昼にもパンを一つ食べたのに食べ足りない。いつもならお弁当があるのに、今日は寝坊したので作る時間もなかった。両親は社員食堂で食べているので、私だけがお弁当。

先生から頂いたラスクを食べちゃおう。サクサクしてて、甘くて美味しい。先生と色々あって気持ちが疲れてしまっているので、甘い物が身体に染み渡って和らいでいく。引き出しのチョコレートも食べよう。精神を落ち着かせることは大切だ。

先生と今まで通りに過ごしていくにはどうしたらいいのだろうか？　湯河原君が外出時には先生と二人きりになる。不穏な空気なままなのか、それとも先生は気にしていないのか……

「野上にも特別な仕事をさせてやる。今週末、何か用事はあるか？」

「ないですけど」

二組目のクライアントの相談が終わり、気づけば定時を過ぎていた。残業が発生しないように定時で帰ろうとした時に先生から呼び止められる。今週末は予定もなく、土曜日に至ってはどこにも行かずにのんびりしようかと思っていた。

「一緒にブライダルフェアに行かないか？」

一瞬、耳を疑った。ブライダルフェア？　聞き間違いじゃなくて？

「返事は？」

「聞き間違えたかもしれないので確認しますけど、今、ブライダルフェアって言いました？」

私は自分の耳がおかしくなったのかもしれないと思いつつ、聞き直す。

「そう、ブライダルフェア」

あっさりと答えた先生は固まっている私に、続けてこう言い放った。

「あくまでも潜入捜査の一環だ。婚活パーティーには一人では行かせられないが、俺と一緒にブライダルフェアに行くなら心配いらないから」

「あ、はい。分かりました。では、お先に失礼します」

仕事が理由なのは当たり前だよね？　仕事だとしても、先生とブライダルフェアに行くだなんて夢みたいで心がふわふわしている。詳しい説明は何も聞かずに、湯河原君にも退勤の挨拶をし、タイムカードを押してから事務所の外に出た。

足取りが軽い。『諦めろ』と言われたのに、そんなことはもう頭の片隅から抜けていく。潜入とはいえ、幸せなカップルが集まるブライダルフェアに先生と二人で行くなんて思ってても見なかった。

今日は水曜日。あと二日出勤したら、先生と一緒にブライダルフェアに行く。先生のことが大好きで、言動に惑わされたり、喜んだりと忙しい。

仕事という括りだけれど、私にとってはデートと言っても過言ではない。

ブライダルフェアに行くのだから、いつも通りのパンツスタイルのスーツではなく、女子力高めな服装で行こう。先生に釣り合うような大人の女性ファッションで向かいたい。

……といっても、そんな服は持ち合わせていないので、今から買いに行こうかな？ 当日は清楚な雰囲気の大人女子という感じにしたいので、ヘアアイロンを使用して髪型のアレンジも頑張りたい。

スーツ姿の先生もキリッとしていて素敵なので、普段着の先生も早く見てみたい。週末が楽しみで、とてつもなくそわそわしてしまう。

残り僅かな時間しかないけれど、少しでも綺麗だと思ってもらえるように努力したい。

第四章　恋人ごっこ

ブライダルフェア当日。

婚活パーティーを主催している結婚式場のブライダルフェアに潜入捜査するために、私と先生は車で向かっている。先生の車に乗せてもらうのは三度目で、当たり前のように助手席を占領する。

事務所の前で待ち合わせをして、迎えに来てもらった。

「今日は晴れてて、気持ちの良い日ですね」

「そうだな」

先生は私を迎えに来る前に、コーヒーショップでテイクアウトのカフェラテを購入してくれた。暖かいカフェラテのカップを手に持ちながら、助手席側から景色を眺める。

紺のシャツワンピースに薄いベージュのジャケット、濃いめのブラウンのショートブーツを合わせた服装。シャツワンピースはウエスト部分が少し絞られていて、甘すぎない程度にレースがあしらわれている。

紺のシャツワンピースが気に入ったので、それに合わせてショップ店員さんにお任せした。ショップ店員さんがコーディネートしてくれたので、間違いないとは思うのだが……先生に気に入ってもらえるだろうか？

仕事中に邪魔になってしまうので、いつもはボブヘアを後ろで一つに縛った髪型だが、今日は軽く毛先を巻いてハーフアップにした。先生は濃いめのグレーのチェスターコートにブラウンのニット、パンツも靴も黒。スーツ姿も格好良いけれど、カジュアルコーディネートに身を包んだ先生も素敵。

仕事とはいえ、車で迎えに来てもらい、更には乗る前にカフェラテも準備してくれるなんて、私にとっては完全にデートだ。

「ブライダルフェアって、どんな感じなんでしょうね。わくわくしちゃいます」

「野上は試食を楽しみにしてるだけだろ」

「そ、それだけじゃないです！」

先生は乙女心というものを、ちっとも分かっていない。好きな人と行くブライダルフェアがどんなに楽しみで、幸福なものなのかを……

一時間と少し車に乗り、会場となる結婚式場に着いた。車内では先生と二人きりだが、事務所の近所の住民の話や先日、リニューアルオープンしたパン屋の話など、たわいのない会話をしただけ。色気のある話は何も出てこず、私はそれでも楽しい時間だった。

「では、お帰りの際までにこちらのアンケートにご記入をお願い致します」

会場の入口で受付を済ませると、番号が記載されたカードと一日の流れを表にまとめたもの、アンケート用紙、ボールペンが手渡された。それらを受け取り、私のバッグにしまってから先生と一緒に歩き出す。

「先生、模擬挙式が見られるそうですよ」

一日のスケジュール用紙を見ながら、先生に話しかける。腕をグイッと掴まれ、端に追いやられる。

「先生って呼んだら、おかしいと思われるだろ。もっと違う呼び方にしろ！」

小声で指摘を受ける私。

「だって、そう呼ぶしかないじゃないですか。瀬山さんも今では何だかしっくりきませんし……」

出会った当初は瀬山さんと呼んでいたが、今では先生の方が呼び名としてしっくりくる。私の上司にあたるので、名前で呼ぶわけにもいかないだろうし。

「仕方ないから、今日だけは下の名前で呼んで構わない」

先生は照れくさそうに言った。私はそんな先生が可愛く思えて、思わずキュンとしてしまう。

「はい、そうします」

名前を呼ぶ機会があるかどうかは分からないし、今日だけの期限付きだけれども、恋人同士みたいで嬉しい。私が下の名前で呼んで良いということで、先生も私の下の名前も呼んでくれるのだろうか？　お互いに呼び合えたら幸せだろうなぁ。

模擬挙式の時間になり、ブライダルフェアの参加者全員で教会へと移動する。

「ドキドキしちゃいますね」

「俺は何回来ても、こういう場所は苦手だ」

「ふふっ、せん、……いや、……伊織さんらしいです」

待ち時間に先生と会話をしている時、危うく『先生』と言葉に出してしまいそうになった。急に呼び方を変えるのは、勇気がいる。口に出すだけで胸が高鳴り、ドキドキが加速した。

先生はじっと私の顔を見てから、目を逸らすように逆側を向く。

「野上の周りも既婚者が多いのか？」

先生は私のことは下の名前で呼んでくれないいんだ。非常に残念で寂しい気持ちになる。それに先生は私の方を向いてくれない。

「そうでもないですけど、近頃は結婚を考えてる友人が増えてきました」

二十代後半に突入し、彼氏からプロポーズを受けたという話や子供が産まれた報告が届く年頃になってきた。元彼とは結婚を考えていたわけではないが、私だって結婚願望はある。

「そんなに友人が多いわけではないが、二ヶ月連続で式に招待されると自分だけが取り残されてるような気がするよな」

先生はしみじみとした雰囲気で私に告げた。

「そうですか？　私はお呼ばれされるのは好きですけど。幸せのお裾分けしてもらえると自分も元気になります」

「……プッ、野上は本当にお気楽だよな」

私は真実を話しただけなのに、先生は吹き出して笑っている。面白いことを言ったつもりもないのだが、先生はツボにハマったみたいだ。

模擬挙式の準備が整ったということで、教会の中では話し声が止み、一斉に静かになる。次第に挙式は進行していき、花嫁が入場して来た。

モデルさんのようなスラリとした体型の綺麗な花嫁。模擬挙式は偽りの花嫁だが、何故かとても幸せそうに見えて温かな気持ちになった。全く知らない人なのに、まるで友人のような気持ちになり、『幸せな姿を見られて良かった』とさえ思う。

私もいつの日か先生と、あの場所に立つことが出来るのだろうか？　望みは薄いが、願望だけはある。それとも、違う人と立つのだろうか。どちらにしても、現在の予定はどちらもないのだけれど。

「花嫁さん、すごく綺麗でしたね。花婿さんとよくお似合いでした」

模擬挙式が終わり、次は式場の案内に向かっている。私は挙式に感極まって余韻に浸っていた。そんな私を見ても、先生は何も言わずに見守ってくれている。

「わぁっ、テーブルごとにナプキンの色が違いますね。せん、……えと、伊織さん！　色々と説明書きがテーブルごとに書かれています」

少人数と大人数が収容可能なバンケットルームを案内されたあと、五十人まで収容可能なバンケットルームに案内された。そこにはテーブルごとにテーマが決められていて、クロスからナプキン、中央に飾ってあるキャンドルフラワーまでもが違っている。色とりどりでカラフルな会場を見て、心が踊る。

「そうなんですよ、どのテーブルも可愛いですよね。ぜひ、お気に入りを探してみてくださいね」

「はい、ありがとうございます！」

私が説明書きを読みながら各テーブルを見ていると、ブライダルフェアのスタッフが話しかけてきた。

「実は私たち、この式場が主催している婚活パーティーで知り合ったんですよ。なかなか良いご縁がなかっただけに、勇気を出して参加して良かったです」

私とスタッフ間の話に先生が割り込んできた。しかも通常では考えられないようなとびきりの笑顔で。

「そうなんですね。出会いに感謝ですね。では、ごゆっくりご覧ください」

婚活パーティーの話を出したら、スタッフの顔つきが変わったような気がする。先程まではあんなにフレンドリーでイキイキとしていた表情が、一瞬で凍りついたように強ばった。そして、そそくさと違うカップルの元へ去ってしまう。先生が睨んだ通り、何かありそうな気がする。

「何かを隠してそうな気がするよな」

「はい」

先生はスタッフが去ったあとに小さな声で伝えたが、私は撮影に夢中で空返事をしてしまう。黄色とクリーム色でコーディネートしてあるテーブルが可愛くて、自分のスマホから撮影していた。私のイメージだと、このテーブルはミモザみたいな感じがする。黄色は普段は身につけない色だけれど、こうしてみると可愛いなぁ……

「野上」

「はい」

「杏沙子、移動するって」

「え？」

次は試食会場に移動しなければならないが、私は撮影に夢中になって気づいていなかった。そんな私に先生は不意打ちで下の名前を呼び、私の手を引く。

実質、手を繋いだことになった。突然に下の名前を呼び捨てで呼ばれたから変な感じがする。胸がキュンキュンして苦しい。本当に付き合っているのだと誤解してしまいそうだ。

先生と手を繋いだまま、試食会のバンケットルームに案内された。最も最初に案内された少人数用のバンケットルームには、グラスやカトラリーなどがセッティングしてある。各テーブルは六人がけになっており、四テーブル用意されていた。

親族のみでの披露宴に主に使用するバンケットルームで、こじんまりとしているものの、天窓から射し込む自然光がふんわりと温かみのある穏やかな雰囲気を演出している。派手過ぎないシャンデリアと白を貴重とした清楚な空間。

「受付番号が八番だから、あの席だな」

「ロイヤルブルー！　シックで素敵ですね」

テーブルは相席で、三組ずつ着席していくシステムらしい。全テーブルがロイヤルブルーのクロスがかかっていて、高級感溢れる大人っぽい印象だ。先程の黄色とクリーム色のセッティングも愛らしいのでお気に入りだったのだが、こっちも好き。先生と披露宴を挙げるとしたら、イメージ的に絶対こっちだ。

「ふふっ、ドキドキしますね」

私は席に座ると、色んな意味を込めて先生に言った。試食会も緊張するけれど、こんなに素敵な場所で本物の披露宴を挙げられたら……と想像するだけで私は胸を弾んでいき顔が綻《ほころ》んでいく。

「ずっと楽しそうで何よりだな」

先生はそんな私を横目で見ながら呟く。

「んー？　今のって、皮肉ですか？　それとも楽しめているなら良かったねって意味？」

「さぁ、どっちだろうな？」

先生は意地悪っぽく笑って、私を見ている。

「伊織さんは、いつも私をからかってばかりですね」

「それしか楽しみがないからな」

私たちのやり取りがイチャイチャしているように見えたのか、私から向かって右隣のカップルが話しかけてきた。

「とても仲が良いんですね。いつ頃、式を挙げる予定なんですか？」

話しかけてきた女性は少しぽっちゃりしているが、笑顔が可愛らしい方。お相手の男性は眼鏡をかけている静かそうな痩せ型の方。

「わ、私たちは……」

私が答えようとすると、すかさず先生が割って入ってきた。

「仲良さそうに見えます？　実はここの式場が主催してる婚活パーティーで出会ったんですよ。挙式は来年の春頃かなぁ」

いつもとは違うフレンドリーな先生。瞬時に豹変するのが上手なので、弁護士ではなく俳優でもやっていけたのでは？　違和感がないスムーズな嘘の受け答えに驚いてしまう。

「えー！　すごい偶然ですね！　私たちも婚活パーティーで知り合って、来春に式を挙げる予定なんです」

女性は驚きつつも、私たちに向かってにこやかに笑いながら返事をしてくれた。

「同じですね。他の方も大半がそうだったりして……」

鎌をかけるように先生は女性から話を聞き出そうとする。女性は先程までの笑顔がなくなり、顔つきが暗くなった。

「中にはそういう方もいるかもしれませんが、少ないと思いますよ。私たちもあとから知りましたが……」

「ちょ、ちょっと。その話はここまではマズいと思うよ」

女性が何かを言いかけた時、パートナーの男性が慌てて止めてきた。これは裏に隠された真実がありそうな予感がする。

「え？　何かあるんですか？　俺たちが参加した時は確か、半分くらいは美男美女の二十代の方がいた感じで、あんなに素敵なのに皆さん訳ありでパートナー探しをしてるのかな？　とか思いました」

「そうなんです、それが問題なんですよ」

女性はパートナーの男性を押し切り、何かを話したそうにしている。

「弥生《やよい》ちゃん、やめときなって。これ以上、辛いこと思い出すのはやめよう。それにこの人たちは何も知らないままの方が良いに決まってる」

「そうだよね。ごめんなさい、見ず知らずの方に余計なこと言ってしまって」

止めに入ったパートナーにより、話は遮断された。男性は物静かに見えて、物事ははっきりと伝えるタイプらしい。話が途切れた時にスタッフがグラスに水とドリンクを注ぎに来た。その他、ドリンクはアイスコーヒーかアイスティー、または烏龍茶から選べたので私と先生はアイスコーヒーを選ぶ。

「いえ、構いませんよ。私たちはこの式場で出会ったのもあって、挙式も思い出深いこの式場にしようかなと思っています。そちらも同じですか？」

「まぁ……そんなところです」

パートナーの男性は特に会話に混ざるわけではなく、余計な話は一切しないようだ。先生に話を振られた女性だったが、男性の手前、これ以上は何も言葉に出してはくれなそう。苦笑いをして、会話を終わらせた。

次第に試食会の料理が運ばれてきた。自分の目の前に置かれたオードブルが品が良く、色鮮やかに盛りつけられていて気持ちが昂《たかぶ》る。

「わぁっ、綺麗なのに可愛い。食べるのがもったいないですね」

試食会は和洋折衷のコースだったが、前菜はベビーリーフとホタテの貝柱、イクラなどの魚介類が盛りつけられていて、キラキラと輝いているように見える。普段はコース料理なんて食べないから、披露宴の料理はいつも楽しみなのだ。

和洋折衷のメニューなので、ガラスに盛られたお刺身なども出てくる。どの料理も美味しくて残さずに食べている。

「一番の目当ては試食会だもんな。食べ過ぎると、このあとのウェディングドレスの試着ができなくなるぞ」

「大丈夫ですよ、ウェディングドレスだって色々サイズがありま……って……え？」

ウェディングドレスの展示会があると記載されていたのは確認したが、試着もできるとは先生に言われるまで知らなかった。私は動揺を隠せずにいたが、試着をしたらマズいと思った。

何故なら、私と先生は偽りの婚約者なのだから、そんなことは必要ない。それに、先生と本当に婚約した時まで取っておきたい。そんな未来は一生かかっても来ないかもしれないが、私が確実に諦める日までは夢を見させて――

「今日は試着はしなくて良いです。恥ずかしいから」

そう言って話を逸らす。

「そうか……そうだよな、また別な機会があるかもしれないし」

先生は一旦、間を置いてから返事をした。別な機会とは、先生ではない誰かとの将来を指しているのかもしれない。何となく、先生の考えてることが分かる。私は先生じゃなきゃ嫌なのに、先生は私じゃなくても平気。あまりにも悲しい真実。

「ふふっ、楽しみはあとに取っておきます」

私は先生の本意に気づかない振りをして、無理に笑って見せた。

「牛フィレのステーキ、食べましょう！　んーっ、柔らかくて美味しいです」

タイミングよく運ばれてきた牛フィレのステーキをナイフとフォークで小さく切り、口に運ぶ。

先生は私を気にしているのか、料理に手をつけない。

「どうしたんですか？　辛気臭い顔して。切り分けて食べさせてあげましょうか？」

「いや、いい……」

先生は私の顔色を伺っていたかと思えば、そっぽを向いてナイフとフォークで牛フィレのステーキに切り目を入れ始めた。何なの？　先生も何か言いたいことがあるなら、はっきり言ってくれれば良いのに。絶えず言葉を濁されて、私は宙ぶらりんのままだ。

「これは食べられそうもないから、食べて」

ドレスの試着をしないと伝えてから、特に会話もないままに届いた料理を食べて、ついに締めのデザートが届いた。先生は食べられないと言って私に差し出してくる。私もお腹いっぱいなんだけれど……

「スイーツに罪はないので残さず食べますけど。伊織さんも少しくらい食べたらどうですか？」

「じゃあ、一口だけ」

私はまず、クランベリーのソルベをスプーンで掬う。すると、私の手を自分の口に引き寄せてパクッと食べた先生。思わず、先生の顔を見つめてしまう。

「思ったよりも、酸味がある」

「クランベリーですからね」

急に接近されると心臓に悪い。可愛げのない返答をした私は下を向き、デザートを見つめる。些細なことでも反応してしまう、自分が憎たらしい。

結局、先生のデザートまで全部食べてしまった。試食会が終わり、番号の早い順から三組ずつドレスの展示会に呼ばれる。呼ばれるまではバンケットルームの中で待機をして、その間にアンケートに記入してほしいとアナウンスが流れた。

「貸して、個人情報欄は俺が書くから」

もらったアンケートに記入しようとしてバッグから取り出すと、先生が書くと言い出した。先生は私たちの名前と見知らぬ住所を記入し、電話番号欄には仕事用の携帯電話番号を記入している。

「これ以上は書き出さなくて良いから。下のアンケートにだけ回答しといて」

渡された用紙をよく見ると……私の欄には名字の記入はなく、空白を空けたあとに下の名前だけが書かれていた。

「私の住所……と電話番号……」

「いいんだよ、入籍するから書かなくて」

「……そっか」

偽りの関係だが、今日だけは恋人同士。喜ばしいけれど、本当は切なくて苦しい。複雑な想いを抱えながら、私はアンケートに回答していく。式の予定は先生が言ったように、来年の春くらいでくらいかな。予算とか分からないけれど、アンケート部分の回答は任意と記載されているので、このくらいで終わりにしよう。

「二組目が呼ばれたので、そろそろ私たちの番ですね」

アンケートの記入が終わり、バッグにしまっている時に右隣の女性から声をかけられた。

「そうですね。ドレスの展示、楽しみですよね」

私はにっこりと笑って返事をする。

「カラードレスも展示してあるみたいなので、見るだけでも目の保養になりそうです」

女性とは、どんなカラードレスがあると良いなどと話をして盛り上がる。先生は待っている間はスマホを見ていて、私たちの会話には混ざらなかった。

ドレスの展示会に呼ばれるまで女性と話していた私は、自分自身からも婚活パーティーの件を探ってみようと試みる。

「そうそう、婚活パーティーの時にコンサルタント会社の男性に会ったんです。一緒に行った友人が気に入ってたのですが……。その方、三十五歳で……」

吉田さんから得た情報だと騙した男性はカフェ経営者の他にも偽りの名義は色々あると聞いたので、適当な話をしてみる。

「コンサルタント？　私は三十五歳以上の婚活パーティーに参加しましたが、コンサルタントの方には出会わなかったですね。私が出会わなかっただけかもしれませんが……」

女性は難しい顔つきをしながら、言葉を濁した。コンサルタント名義では活動してなかったか。失敗したかと思ったのだが、女性がまた口を開いた。

「コンサルタントではないけれど、カフェ経営者には出会ったの。その人も三十五歳だったかな？」

女性がそう言うと隣の男性の顔つきが変わった。そして、スマホを操作していた先生も私の方を向く。

私は確信する。この方も被害者かもしれない。

誘導してしまったようで申し訳ない気持ちもあるけれど、私に心を開いてくれたからこそ、この方も救ってあげたいと思った。

「私の彼、弁護士なんです！　何かあったら、是非、相談してくださいね。これ、名刺です」

私は先生の名刺をバッグからささっと取り出し、女性に渡す。

「え？　どうして」

女性は呆気に取られながら、名刺を受け取る。それは当然だろう。話の途中で私が名刺なんかを渡してしまったから。

「……えと、ただの宣伝です」

苦し紛れの言い方をした。先生は助け舟も出さずに、ただ見守っているだけ。どうしよう。自分の時いた種とはいえ、不穏な空気が漂っている。

そんな時、私たちのテーブル席の順番が回ってきた。良かった。助かったと思い、胸を撫で下ろす。

「お気に入りが見つかるといいですね」

私は真っ先に席を立ち、女性に笑いかける。

「えぇ、そうね。……あの、さっきの話だけど……」

「ドレス見に行こう」

女性は何かを話したそうにしていたが、男性がそう言って手を引いて、先に行ってしまった。男性は私たちとは関わりを持ちたくないようで、足早にバンケットホールを出て行ってしまう。

「交渉が下手くそだな」

先生が私の背後に立ち、低い声でボソッと呟く。先生はもしかして怒ってる？　せっかく情報を聞き出せそうだったのに、逃がしてしまったから。

「絶対に何かあると思って、名刺を渡せば手っ取り早いかなと思ってしまいました」

苦笑いをしながら歩き出す。

「まぁ、いいか。名刺渡したから、運が良ければ電話がくるだろうから」

私の背後から、頭をグリグリと撫でてくる先生。

「せ、せっかく、可愛くセットしてきたのに……！」

先生が力強く撫でたせいで、髪型が乱れてしまっているような気がする。

「ドレス見ていくのか？」

先生は私の訴えを無視して、そんなことを言ってくる。

「どっちでも良いです、どうせ試着するつもりはないですから」

私はむぅっとした態度を取りながら、つっけんどんに返す。先生に少しでも可愛いと思ってもらえるようにと時間をかけセットしてきたのに。人の気も知らないで……

「そうか。例の件は少しだけ収穫もあったから、ここから抜け出さないか？」

肩に先生が腕をかけてくる。だらんと腕をかけてきたので、少しだけ重い。背中に先生の温もりがあり、顔も近い。心臓がバクバクとしてきて、身が縮こまる。

「抜け出す、ってどこに？」

「どこでもいい。あさ……野上が好きな場所で」

間違いなく、下の名前から名字に言い換えたのが聞こえた。ブライダルフェアから出てしまうし、恋人ごっこも当然終わりだよね。分かってはいるけれど、やるせなくて苦しい。

「私……先生とゆっくりお話がしたいです」

特にどこかに行きたいわけではなく、先生と一緒に過ごせるだけで幸せを感じる。先生とたくさん、会話をしたい。

「話？」

先生は面を食らったかのような表情で、私の顔を覗き込んでくる。急に目が合ったので、耐えられずに目を逸らす。

「はい。それか、水族館とか動物園とか。公園でもいいんですけど……。ゆっくり眺めながら歩けるところが良いです」

「……分かった」

そう言った先生は私の肩から腕を外し、背伸びをした。

「アンケート出して」

先生にそう言われ、私はコクリと頷《うなず》いて渡す。先生はアンケートを受け取ると、受付に出したら帰ると言い出した。ドレスの展示会場には向かわずに受付に行き、急用ができたと知らせてアンケートを手渡す。すると渡したい物があるからその場で待つように言われた。

「お待たせ致しました。カタログとお土産もどうぞ。本日はお越しくださり、ありがとうございました」

私たちは少しの間、出入り口付近で待機していると受付の女性が駆け寄って来て、紙袋を手渡された。二人でお礼を言って、式場の外に出ると午後の暖かい陽射しが私たちに降り注ぐ。

「まだ暖かいですね。風がないからかな？」

「そうだな」

現在は午後三時前。思ったよりも長い時間、ブライダルフェアの会場にいたみたいだ。先生と一緒に駐車場まで歩き、二人きりの時間を大切にしようと思いを寄せる。

「……お願いします」

駐車場に着くと車の扉を開けて、助手席に乗った。先生は無言でカーナビを操作し、タッチパネルで文字を入力している。何も言わずにその姿を観ていると先生は『水族館』と打ち始めた。

「水族館？」

パネルを見て、つい口に出す。

「……そう。動物園にするか？」

先生は無表情のままで、どの水族館にしようかとより分けている。

「え？　どちらかというと水族館に行きたいです」

「分かった」

思いもよらなかった。先生と一緒に水族館に行けるなんて、何のご褒美なのだろうか？　嬉しさがつい顔に出て、ニヤニヤしてしまう。

「そんなに嬉しいのか、水族館に行くことが」

「はい、嬉しいです」

先生は私の顔を見て、冷ややかに反応した。私はそんな反応にも動じず、嬉しいオーラが溢れ続けている。呆れている先生は目的地をセットし、駐車場から車を出した。

「先生は水族館好きですか？」

「子供の頃にしか行ったことがない」

「大人になってから行くのも楽しいですよ」

私も久しぶりに水族館に行く。元彼とは一度しか足を運んだことがなかったが、その思い出を塗り替えることができる。

「俺はもっと違う場所に行きたかった」

私がはしゃいでいると不服そうな声で伝えてきた。

「なら、そう言ってくれれば良かったのに。ちなみにどこに行きたかったんですか？」

「……ショットバーとか、ジャズバーとか。野上には縁がなさそうなところ」

「まだ明るい時間だし、車だから無理でしょ」

つまり、それは私を子供扱いしているということか。私はいじけ気味でブツブツ話す。

「じゃあ、今度行きましょう。私がご馳走します」

お酒はあんまり得意ではないけれど、受けて立つつもりだ。

「敷居と値段が高いバーを吟味しておくから、そのつもりで」

先生はクスクスと笑っている。絶対に私のことを子供扱いしていると思う。そんな曖昧な約束を取りつけながら、スマホホルダーに収められている先生のスマホから着信音が鳴った。

「先生、か……りん？　さんからお電話です」

メッセージアプリの無料通話からの着信で、画面には『果凛《かりん》』と表示されている。

「妹。イヤホンつけてなかったから、スピーカーにしてくれるか？」

先生に言われる通りにスピーカーにして、通話ボタンを押す。

『伊織君？　今日、帰ってこないでしょ？』

電話口からは甲高い女性の声が聞こえる。

「何で？　帰るつもりだけど」

『えー！　彼氏……いや、候補だけど、お持ち帰りするかもしれないから、彼女さんと泊まってきてー』

「はぁ？　ちょっと待て……！」

『私、今から出かけるからとにかく今日は帰ってこないでね！　じゃあねー』

ブツッ……と一方的に切られた。

妹さん、先生とは違って……なんというか、破天荒みたいな性格かもしれない。伝えたいことだけを伝えて、一方的に終了された電話。先生は予期せぬ出来事に不機嫌そうだし、手に持っていたスマホをとりあえず元の場所に戻そう。

私は車の中のスマホホルダーに戻し、外の景色を眺めた。

「妹に間借りしてる身としては、言うこと聞かなきゃ追い出されるから仕方ないか」

先生はそんなことを言いながら、溜め息を吐く。

「あの……先生は今日、帰る場所がないのですか？」

恐る恐る聞いてみる。

「あぁ、急にそうなった。向こうが泊まりに行けば良かった話だが」

先生は運転しながら、チラッと横目で私を見てから再び正面を向いた。

「一緒に泊まるか？」

突然の思わぬ誘いに心臓が跳ね上がる。

「そしたら、バーにも連れて行ける」

「え、……あっ、えと」

私の顔は瞬時に耳まで真っ赤になり、言葉に詰まって下を向く。何て答えたらいいのだろう？

いつものように冗談だとも言われない。

どうしよう。先生からのお誘いが正直嬉しいけれど、諦めろと言ったくせに私に期待ばかりを持たせてズルい。

先生は私にどうしてほしいの？

「急な外泊はまずいか。今日はやめとくか……」

先生はそんな風に言って、今度はなかったことにしようとする。残念な気持ちになってしまった私は、なるようにしかならないと思い始める。

「わ、私も立派な大人ですから……大丈夫、です。自宅には連絡しときますので」

先生がせっかく誘ってくれたのだから、断りたくない。振り向いてもらえなくても、一緒にいられるだけで幸せなのかもしれない。感覚が麻痺し始めて、そんな風に正当化していく。

「……うん」

……あれ？

先生の反応がいつもと違う。素直に返事をしたかと思えば、ふと横顔を見ると頬がほんのりと赤く染っている。こんな反応されたら、私の方が照れてしまう。先生が愛おしくてときめきが加速する。

「水族館は明日にするか。今日はゆっくり過ごすことにしよう」

「……はい」

先生が優しい。いつもの意地悪も言われない。こんなに素直で優しい態度の先生にはあまり接する機会がないので、どうしたら良いのか戸惑う。

宿泊するホテルを探したいからと先生は停車しようとしたのだが、気軽にできる場所はなかった。コインパーキングも見つけたのだが満車。

その先にショッピングモールを見つけたので、立体駐車場に停めてもらった。私はお泊まりセットも買いたいからと言って、先生がスマホで検索してくれている間にショッピングモールの中に入る。ショッピングモールの中は土日ともあって、混雑していた。

いつどんなことが起きても慌てないように、可愛い下着は身に着けてきたつもり。お泊まりするのだから、下着も新調したいし、明日の服もあった方が良い。とりあえず下着と一泊用のスキンケアだけは購入したい。

私はランジェリーショップを真っ先に目指し、淡いピンクと迷った挙げ句、オフホワイトのブラとショーツを購入する。

「はい、今は二階にいますけど。分かりました、待ってます」

丁度、下着を購入したタイミングで先生から電話がかかってきた。ホテルが予約できたとのことで、先生も買い物があるとショッピングモールの中に入ったらしい。先生から待つように言われたので、私は二階のエスカレーター付近で待っていた。

「何を買ったの？」

先生が私を見つけると手に提げていた紙袋を見て聞いてきた。

「し、下着です！」

そう答えながら、隠さなくても良いのに、買い物袋を思わず体の後ろに隠してしまう。

「あとはどこを見に行く？」

「明日の着替えをどうしようかな、と思ってました」

先生が妙に優しい。

「ひとまず、見てみたら？」

ほら、と手を出されて、ギュッと繋ぐ。これって、ただのデートじゃないの？

先生は格好良くて目立つから、周りの視線も集めてしまう。普段はその日によって、身なりを気にしていない日もあるけど……今日の先生は完璧なまでにスタイリッシュで格好良い。彼氏ではないのが、寂しいところ。

「これにしようかな、可愛いです」

マネキンが着ていた服が通路側から目に入った。

ベージュのざっくり編み目のセーターにブラウン×レッドチェックのAラインスカート。今日着ているジャケットとブーツにも合いそう。気温がたかければセーター一枚で大丈夫そうかな。

「同じのあるかな？」

そう言いながら裏側にあったハンガーに掛けてある在庫から自分のサイズと同じものを探す。もしかしたらサイズが大きいものしかないかも。色違いならあるけれど……と残念に思っているとショップ店員が話しかけてきた。

「この組み合わせ、可愛いですよね。新しいものの在庫があるかもしれないので見てきますね」

「お願いします」

私はショップ店員にサイズを教えて、店内在庫から探してもらう。

「お待たせ致しました。セーターは在庫がありましたが、スカートは現品になりますが宜しいでしょうか？」

「はい、大丈夫です。カードで……」

「俺が払う」

私は購入を決めて支払いを済ませようとした瞬間、先生がそう言って会計を先に済ませてしまった。洋服を紙袋に入れてもらい、ショップを出たあと、先生の袖を掴む。

「あの……良かったんでしょうか？」

歩きながら先生の顔を見上げて尋ねる。

「そのくらい気にしなくていい」

「ありがとうございます」

私がニコッと笑ってお礼を伝えると、先生はふいっと視線を外してしまった。

先生のこのツンデレ感……なのか、学生時代の初々しい甘酸っぱい感なのかは分からないが、とにかくキュンキュンしてしまう。可愛いとすら思ってしまう。大好き。

「先生はお買い物ありますか？」

「特にない。居候はたまに追い出されるから、着替えはいつも車に常備してある」

「そ、そうなんですね。ふふっ、あとで妹さんの話を聞いてみたいなぁ」

間借りしているとはいえ、先生を追い出してしまう妹さんがどんな感じなのか興味がある。

「……そのうち、な」

何か不都合なことでもあるのか、妹さんのことを尋ねると、先生はこうして話を逸らしてしまう。

いつの日か、話してくれる日が来ることを願う。

第五章　先生と初めてのお泊まり

買い物が済んだ私たちはショッピングモールを出て、先生が予約してくれたシティホテルへと向かった。私は先生の車に乗る前に自宅に外泊の許可を得る電話をすると、二つ返事で了承を得る。この間の遅くなった日から今日までの日が浅いので、先生が彼氏だと思われているに違いない。

当日予約ができたシティホテルは水族館から程近い場所で、三十二階のダブルベッドの部屋。本当ならば水族館に行くはずだった私たちだが、着いたのが十七時過ぎだったので翌日にして正解だったのかも。

「夜景がとても綺麗です」

部屋に入って着替えの入った紙袋とバッグを置いたあと、私は窓に張りついて、キラキラと輝く夜景を眺める。ブルー系に見える夜景に目が釘付けになり、ずっと眺めていたいような気分だった。

「子供みたいだな」

先生はくすくすと笑いながら、スマホの画面を私に見せた。

「ホテルの周りにダイニングバーはたくさんあるみたいだけど……どこがいい？」

「どこがいいかと聞かれても……」

画面にはお洒落そうなお店がたくさん載っているが、私には選べない。

「ダイニングバーに行ってから、ショットバーに連れて行こうと思っているけど……とりあえずこの辺りは？」

先生が更に検索をして、候補が五つほどに絞られた。サイトには『お洒落なダイニングバー。デートにおすすめ』と書いてある。もしかしたら先生はそんなキーワードで探してくれたのかもしれない。さり気ない気遣いが嬉しくて、好きが溢れてしまいそう。

「アジアンっぽい家具が可愛いですね。料理も美味しそうだし、ここにしても良いですか？」

先生から借りたスマホを指でスライドさせ、気に入ったダイニングバーを見せる。

「分かった。地図を頼りに探してみるか」

私たちは部屋を出て、検索したダイニングバーまで歩く。この辺りはあまり来たことがないので新鮮に感じるが、人通りが多くて先生とはぐれてしまいそう。

「ほら、危ないから」

先生は手をサッと握り、自分の方に引き寄せる。

「すみません……」

「見張ってないと本当に危なっかしいな。そう言えば、初めて会った日は弁当箱が飛んできたんだった」

先生は私を横目で見ながら、思い出し笑いをしている。

「その話はもうしないでください、恥ずかしいから。それに驚かせてごめんなさい」

「謝らなくてもいい。ネタにするだけだから」

いつもの調子の先生に戻った。素直なだけの先生なんて扱いに困るので、この方が性に合っている。どうやら私の身体は、いつのまにか嫌味の一言も飛んで来ないと張合いを感じなくなってしまったようだ。

「あそこじゃないか？　外見がよく似ているし、店の名前も一緒だな」

「そうですね、行ってみましょう」

テラス席があり、外見もアジアンチックなお店。あそこに間違いない。

「いらっしゃいませ、テラス席と半個室がありますがどちらになさいますか？」

「半個室でお願いします」

店内に入るとブラウンのサロンをつけたスタッフが出迎えてくれた。先生はスタッフの問に私の方をチラッと見ながら答える。私は先生と目が合って頷《うなず》いた。

ライトダウンしてある店内はとてもシックで、半個室はカーテンで仕切られていた。テーブルや椅子はアジアン家具を使用し、所々にあるグリーンの観葉植物が癒される。

「飲み物は何が良い？　甘めのカクテルなら、この辺りじゃないのか？」

席に着き、メニューブックを開く。対面に座った先生は私のために甘めなカクテルを探して指を指してくれた。

「このベリーニっていうのにします。先生は何にしますか？」

説明書きにスパークリングワインに桃のリキュール入り、女性に人気と書いてある。

「本当はバーボンにしたいところだが、今日はビールにしとく」

「先生はビールも飲むんですか？」

「基本、甘くない酒なら何でもいい」

確かに甘いのはあまり好きじゃなさそうだ。

料理もオーダーして、先にドリンクが届く。

「お疲れ様でした！」

先生とグラスをカチンと合わせて、初めの一口を飲み込む。グラスを口につける前から、桃の甘い香りが漂っていたが、飲みやすくて美味しい。

「先生、コレ、美味しいです。お代わりしたいくらい」

既に半分がなくなった。

「お代わりしても良いけれど、程々にな。何となくだけど嫌な予感しかしない」

先生は私のグラスの減り具合を見て心配している。

「何でですか？　このくらいなら平気で飲めちゃいますよ。それより、先生はいつもバーボンとか飲んでるって言ってたのに、何でビールなんですか？」

「お守りしなきゃいけない気がするから、俺は正気でいたい」

「お守り？　そんなに心配しなくても大丈夫ですって。あはは、先生って心配症ですね！」

頭が少しだけふわふわしてきた。でも、お酒が美味しい。

「こら、大きい声で先生って言うな」

「うふふ……じゃあ、伊織さんね」

オーダーした料理が次々に運ばれてきたので、記念に食べる前にスマホからシャッター音なしで写真を撮る。ついでに先生も写してしまおう。気づかれないように撮影しようとしたら、既に気づかれていたみたいでスマホを取り上げられる。

「取り分けしますね」

目の前に並ぶ、野菜と共に盛られているローストビーフやマッシュルームのアヒージョ、カプレーゼなどを少しずつ皿に盛って食べる。アヒージョにつけて食べるバゲットは、一見固そうに見えるが甘みがあって美味しい。

料理を食べていたら、頭のふわふわがなくなった気がする。一気に飲んだせいだったのかもしれない。

「先生、フローズンストロベリーマルガリータというのを飲んでみたいです。フローズンだからシャーベットみたいなのかな？」

「多分な」

「私、ゆっくり飲めば大丈夫みたいなので、先生も気にせず飲んでくださいね」

不思議なことに酔っている感覚がない。度数が低いカクテルだからかな？

……なので、先生とデートしている自分に酔いしれつつ、今を精一杯楽しむ。はたから見たら、私たちは完全に恋人同士に見えるよね？

先生は私の様子が大丈夫だと思い、バーボンのロックをオーダーした。私はバーボンがどんな味なのかが気になって、先生におねだりする。

「わぁー。喉がきゅうーってしました。灼けるみたい」

喉が熱くて灼けてしまいそう。顔も急に火照りを帯びて、何だか変な感じ。先程のふわふわとは違う感覚。

「お前、これは勢いよく飲むものじゃないんだぞ。一気に半分くらい飲んだだろ！」

先生にグラスを取り上げられる。

「お水飲みたいけど……とりあえず、ないからコレ飲んじゃお！」

フローズンストロベリーマルガリータのあとにオーダーしたさっぱり系のカクテル、ミントとライムの入ったカクテルを飲み干す。何だろう、味がしないな？　先程のバーボンも味がしなかったけれど。

「完全に酔いが回ってるだろ？」

「そんなことないですよ！　ふわふわしてないから」

先生は私を見ながら溜め息を吐いた。

「まったく……」

言葉ではそういつもの調子で言いながらも、店員さんにお願いして水をもらってくれた。

「お前はもう酒は飲まずにデザート食べろ」

呆れ顔の先生はデザートメニュー部分を開いて、私に手渡す。

「嫌です！　先生と一緒にまだ飲みたいです！」

私はそれを拒否して、首を横に振る。

「……分かった。部屋で飲もう」

「ショットバーは？」

「また今度。野上がもう少し大人になったらな」

「はぁい」

先生と二人きりで部屋でお酒を飲むのも悪くない。私たちは残っている料理を楽しみ、部屋に戻ることにした。椅子から立ち上がろうとした時、グラッと視界が揺れる。

「はぁっ……。ほら、危ないから捕まってろ」

先生は私の腕を取り、自分の腕に絡ませるように促した。私は素直に従い腕にしがみついて、頭をペタンとくっつける。

『ほら、アレ見て。しがみついてて可愛いね』

『彼女、酔っちゃったんだ。年上の彼氏って良いね。あの二人、美男美女でお似合いだね』

会計待ちの時、私たちを見たお客さんのヒソヒソ話が聞こえてきた。それを聞いた私は有頂天になる。美男は分かるけれど、私まで美女だなんて言われちゃった。でも、先生と並んでお似合いと言われたことが何より嬉しい。

「伊織さん、お似合いって言われちゃいましたね～」

お店の外に出るとひんやりとした空気が頬を掠《かす》めた。酔って火照りを帯びた身体には心地良い。

「そんなことよりコンビニに寄ってから戻るから、あと少しだけ頑張って歩け」

ホテルに併設してあるコンビニで水を何本かカゴに入れ出した先生。それから、飲み足りなかったのか、ウィスキーの小瓶も入れていた。私も何か飲みたい。この可愛いパッケージのお酒にしよう！　葡萄が描いてあるし美味しそう。

「これで良いのか？　ホテルに着いたらシャンパンをオーダーしようと思ってたのだが……」

「はい、これにします。葡萄とカシスで見た目も可愛いから」

先生は私の分をカゴに入れて、他にも買う物はないかと気にしてくれた。

「大丈夫です」

特に買う物はなかったのでそう言って、顔を横に振る。

先生が会計するのを眺めていたら、胃薬らしきものが入ってた。あと栄養ドリンクみたいの。ウコンと書いてある気がする。購入した物をビニール袋に入れてもらい、再び歩き出す。

無事に部屋に戻るとダブルベッドにダイブした。ポスッと音がする。このままベッドで寝てしまっても良いかな。

「こら、シャワー浴びてこい」

うつ伏せで寝ていた私を捕まえて、無理やりに引き起こす。

「湯船を張っても良いですか？」

「ダメだ。自覚がないかもしれないが、お前は完全に酔ってる。そんな奴を一人で湯船に入らせる訳にはいかない」

「せっかく、入浴剤を買ってきたのに」

「いつの間に……！」

私は一泊分のスキンケアと一緒に入浴剤も、ショッピングモール内のドラッグストアで購入していたのだ。

「一人がダメなら……先生と一緒なら良いですか？」

ダメ元で聞いてみる。きっと断られるだろうけれど。ベッドに座って、先生を見上げるように言ってみる。

「お前はロクに恋愛経験なさそうなくせに煽りだけは一人前だな」

そう言って、先生はバスルームに消えた。浴槽にお湯を張る音が僅かに聞こえるので、お風呂に入る準備をしているのだろう。私は喉の乾きが消えなくて、先生が冷蔵庫に入れてくれた缶のカクテルを取り出す。缶を開けると葡萄とカシスの良い香りがして、一口含んだだけでも虜になりそう。お酒ではなく、甘くてジュースみたい。缶のカクテルも美味しいのだと知る。

「目を離した隙に勝手に飲んでる！　とりあえず、水にしろ」

缶を取り上げられ、水のペットボトルを渡される。

「それか、二日酔い対策」

ポイッと渡されたのはウコンと書いてある栄養ドリンクみたいの。私はどんな味なのかが気になり、蓋を開けて飲んでみるが特別美味しいわけではない。先程の葡萄とカシスのカクテルが飲みたい。

「先に入っていいよ。あとから様子を見に行くから」

浴槽のお湯がちょうど良い量になったと先生に言われ、先に入るように促される。先生は一緒に入るわけではないのか。少しだけガッカリしたような気分になった。

先にシャワーを浴びて、湯船に浸かる。ドラッグストアで購入した入浴剤の封を開き、丸い発砲剤を三つ入れた。溶け出すとフローラルの香りがして、肌がスベスベになりそうなとろみのあるお湯になる。

「長湯するなよ」

コンコンと浴室の扉を叩く音がした。

「はぁい、気をつけまーす！　先生は入らないんですか？」

「……心配だから入る」

返事に間があったが、少し経ってから浴室に入って来た先生は腰にバスタオルを巻いていた。

「私、こっち向いてますからね。どうぞ、身体を洗ってください！」

先生が身体を洗っている姿が見えないように、背中を向ける。

「……分かった」

バスタオルを外して脱衣場に置いたのか、扉を開けた。先生が身体を洗っているシャワーの音が浴室に響く。先生は頭から洗う派なのか、身体から洗う派なのかが気になるが振り向けない。振り向けば自分の身体も見えてしまう。

全身を見られているとはいえ、自分からさらけ出すのは無理がある。入浴剤がにごり色で、はっきり見えないタイプで良かった。

「野上ものぼせないようにな。俺は先に出るから」

先生は洗い終えたようで私に声をかけて、浴室を出ようとした。

「わ、私が先に出ますからお湯に浸かってください！」

ザバッと湯船から立ち上がり、持ち込んでいたフェイスタオルで前側を隠す。先生側からはおしりは見えているのだが、仕方ない。お酒を飲んでいるせいか急に立ち上がったら、頭がクラッとした。少しなので問題がないと思いつつ、タオルで隠しながら前向きになって浴室から出ようとする。足を上げた時、入浴剤のとろとろ成分も加わり、ツルッと滑りそうになった。

「わぁっ」

「危ない……！」

咄嗟に先生が助けてくれて、私はしがみついた。フェイスタオルが浴槽の中にポチャンと落ちてしまう。

「転ばなくて良かったな」

「……はい。先生がいてくれて良かったです」

安心した様子の先生に、私は笑いかけて、胸板にペタンと顔をつけた。先生の胸板はわりかし筋肉質なんだな。痩せ型の筋肉質タイプはモテるよね。

「この状況で、こんなことをするな」

先生に身体を引き離されて、強制的に浴室から出される。扉を閉められたので、私は新調した下着をつけてバスローブを羽織った。

バスローブを着て待っているなんて、大人の恋愛っぽくて素敵。私は髪を乾かしながら、そんなことを思っていた。脱衣場から出ると、先程取り上げられた缶のカクテルがテーブル上に置いてあるのに気づく。飲んじゃおうかなぁ。私は残りを先生を待っている間に飲み切ってしまう。

「ふふっ、前髪がある先生も素敵です」

先に脱衣場から出てベッドで座っていた私の元に、髪が半乾きの先生が来た。私は先生の前髪を触り、微笑む。普段、仕事中は前髪は後ろに流すようにしている。バスローブ姿の先生も素敵……！

「お前、まだ酔ってるな。水を飲んで寝なさい」

隣に座った先生は私の頭を撫でて、寝るように促した。先生はペットボトルの水を蓋を外して差し出してくれる。私は受け取って飲もうとしたが、掴んだはずのベッドボトルが床に落ちてこぼれていく。

「ごめんなさい！」

幸い、先生の対処が早かったために、さほどこぼれてはいなかった。

「全く、水もまともに受け取れないほどに酔っているとは困ったもんだな」

先生はペットボトルの水を口に含み、私の口を塞いだ。少しずつ流し込まれていく水。飲み切れなかった分の水が口からこぼれていく。

「せん、せ……」

先生のキスにトロンとしてしまった。今日のキスはこないだよりも気持ちが良い。

「キス、もっと……したいです」

私は先生の首の後ろに腕を絡めてキスをせがむ。

「そんなに煽るなよ」

ドサッと押し倒され、バスローブの紐が解《ほど》かれる。

「コレが今日買った下着か……。白い肌によく似合ってるな」

良かった。先生も気に入ったみたいだ。清楚に見えるけれど、甘めのレースが可愛くて私もお気に入り。

「せっかく選んでくれたのに外すのがもったいない」

先生はブラジャーを上にずらして、乳房を露《あら》わにさせた。

「……んっ」

私の体に舌を這《は》わせる先生は、突起部分を尖らせた舌で舐めてくる。舌先でほんの僅かに刺激されただけなのに、下半身がうずうずし出す。

「すぐに硬くなったな」

片方は指で擦《こす》り、もう片方は舌先で愛撫する。私の反応を見ながら、左右交互に刺激していく。

「はぁ、ふ……」

前回よりも感じ方が半端なくて、醜態をさらしてしまいそう。でも、やめてほしくない。先生にもっと触ってほしい。

「のが、み……、いや、杏沙子はコッチも敏感だもんな」

下の名前を呼んでくれた。それだけで本当に幸せ。

「あっ、え？　ちょっと……！」

先生は私の股を大きく開き、ショーツを脱がせてから顔を埋《うず》めようとしている。

「やだ……！　あっ、あっ」

先生の頭を押し退けようと必死だったが、先生は指先で花芽を探り当てて優しく擦《こす》り上げる。私の身体はすぐに反応して、身を任せるように力が抜けてきた。

「気持ち良いのか？」

「ふぁ、あん、やぁ……」

舌先で花芽をゆっくりと舐められ、そのうちに唇で吸われたりした。舌先を窄めて壊れ物を扱うように優しく舐められたかと思えば、じゅうぅと音を立てながら吸うことを繰り返される。

「こっちはまだ弄《いじ》ってないのにトロトロだな。すんなり指が入っていく」

一気に奥まで指を入れられ、クイッと曲げられた。

「あぁー……！」

指を曲げてそのまま、トントンと押されると今までよりも強い刺激を感じて嬌声が大きくなってしまった。何、今の？　すごくびっくりした。

「今の場所、気持ち良かったか？　もっとしてやるから少し声、我慢してろ」

そう言って唇を重ねた先生は、指の動きを速めた。突かれたり、撹拌したりを繰り返されて気が遠くなりそうだった。部屋の中に、卑猥な水音と舌が重なり合う音が響き渡る。とてつもない快感に我慢できなくなり、蜜壷がヒクヒクと痙攣《けいれん》を起こしながら締まり始める。

「んんー！」

私は声にならない声を上げ、先生の背中にしがみついた。

「イケたか？　これでぐっすり寝られるだろうから、もう寝ろよ」

先生はベッドサイドに置いてあるティッシュで手を拭くと、私から離れそうとした。

「あの、先生……」

私は咄嗟に先生の腕を掴んで、ベッドから降りない行ように仕向けた。

「え？　物足りなかったか？」

私はブンブンと首を横に振り、勇気を振り絞って口に出す。

「私も……先生のに、触りたい……です」

先生は呆気に取られた表情をしている。それはそうだろう、私だって、こんなことを言うつもりはなかった。でも……、先生は私に見せても触らせてもくれない。

「は？　いいよ、そんなことしなくて。眠れないなら、俺がしてや……」

「嫌です！　私ばっかり、気持ち良いのズルいから」

先生が私を振りほどこうとしたが、私は負けじと先生の下半身に手を伸ばして押し倒した。バスローブの上からだと分からないが、隙間から手を忍ばせてみる。すると……下着の下には膨れ上がって硬くなった感触がした。

「やめろって！」

「どうすれば良いのか分からないけど……触りたいです」

私は先生の太ももの上に脚を開いて座る。先生を抜け出せないようにして、ボクサーパンツを下ろす。

大きく膨れ上がっているものが目に入り、手に取って、先生がしてくれたように舌先で舐めてみる。それから、握って上下に動かしてみた。

「あさ……こ！　本当にしなく……ていいって」

そう言われたが、先生だって、このままじゃ辛そうだから何とかしてあげたい。したことがないので、正解かどうか分からないけれど。

「ちょっと、もっ、やめろ！」

私は先生自身を口に含み、上下に動かしてみる。口の中に入れると隙間がなくて、息ができなくて苦しい。ふと気になり、先生の顔を見上げると苦痛に歪んでいるような顔をしていた。

「先生、痛いの？」

歯が当たってしまったのかも？　と思い、口から先生自身を離す。

「違う。……でも、もうしなくていい」

「痛くないならどうして？　私にはしてほしくない？　……そっか、彼女じゃないもんね」

私は先生に拒否をされて、泣きそうになる。彼女になれないと頭の中では分かっていても、気持ちの大半が期待してしまっている。

「……っち！」

先生は舌打ちをしてから起き上がり、私をそのまま押し倒す。

「せん、せ？」

「お前さぁ、人がどれだけ我慢してるか分かってるのか？」

先生は真上から見下ろして、そんな風に言ってくる。

「どういうこと？　途中でやめちゃうのは先生でしょ。私はやめてって言ってない」

私は子供みたいに泣き出して、涙をボロボロとこぼす。感情のセーブが効かない。

「……そうだな。杏沙子は言ってないもんな。全部、俺が悪い」

「そうですよ。全部……先生のせいです。元彼に振られて……合コン行ったら詐欺にも遭うし、じ、てんしゃで転ぶし……。そしたら、先生……いて……。いなかっ、たら出会わずに……済んだ、のに」

思わず、今まで言えなかった想いを全てさらけ出してしまう。失恋したその日に恋に落ちるなんて否定されそうで、今まで内緒にしていたけれど、もうどうでも良い。

「元彼に振られて合コン？　そんな話は初めて聞いた」

「だって、先生に……ありえ、ない……言われそ、で……黙ってた」

「ふっ、確かに聞いてたらそう言う」

先生こそ、人の気も知らないで笑っているなんて酷い。

「とにか、く……、私はせん、せと……一つになりたい」

泣きながら訴える。

「かの、じょ……じゃなく、ていいから。嫌いなら、ちゃんと振って……」

先生といられるなら、このまま恋人未満な関係を続けていくのもいいって思っていた。しかし、感情をさらけ出してしまったあとはやるせなさに締めつけられる。

「嫌いじゃない。ただ、自分自身の問題……あるトラウマが原因で恋人は作りたくない。だから、杏沙子のことを好きにならないようにセーブをかけてるだけだ」

「え？」

「俺がトラウマの垣根を越えて杏沙子を愛せるようになったら、その時は容赦なく抱く」

トラウマとは何のことだろう？

「じゃあ、トラウマを克服したら好きになってくれますか？」

「……そうだな。どうしたら克服できるのか自分でも分からない」

「なら、私が克服できるようにしてあげたいな。私、先生のこと……大好きだから、きっとできますよ」

そう言うと先生は肩の力を抜いたように、ふふっと笑った。

「頼もしいな。とにかく今は繋がれないから、コレだけで我慢してて」

先生は再び、私の秘部に手を伸ばして、乾ききらずにまだ潤いのある蜜壷の中に指を忍ばせる。

くぷん、と卑猥な音を立て蜜壷は指を飲み込んでいく。

「ふぁっ、あっ、あっ」

くちゅくちゅと音を立てながら攪拌され、何も考えられない。先生に上手く誤魔化されたような気もするが、トラウマとか言っていた。トラウマが解決されたら、私は先生と恋人同士になれるのだろうか？

「放っておけば、そのうち収まるから、無理して触らなくていい」

「無理なん、……て、あんっ……して、ない」

先生自身に手を伸ばすと拒否をされて、届かないように体勢を変えられた。

先生は乳房に舌を這《は》わせながら、指の動きも速めていく。私が絶頂に近づいていくのが分かるのか、突起を舐めるのをやめ、かぶりつくようなキスをされる。吐息だけが漏れて、息苦しい。

「んんーっ！」

先生は私の気持ち良い部分を何度も刺激し、絶頂に導いた。痙攣《けいれん》を起こしている蜜壷から、ちゅぷんと指が引き抜かれる。

「おやすみ」

額にキスをしてから、先生はベッドを降りた。

私は眠気が襲ってきて、瞼が重くなってくる。目を閉じたら、ぐっすり眠れそう。

せっかく一緒に寝るんだから、先生の寝顔を見てみたい。それまで起きていられるだろうか？

それとも、早起きして見ようかな？

私はそんなことを考えつつ、瞼を閉じてしまった——

翌朝、カーテンの隙間から陽射しが入り込んで私の顔を照らした。

「……起きたのか？」

ふかふかのベッドの上でうっすらと目を開けると、隣に寝転んでスマホを操作していた先生がそう言って顔を覗き込んできた。

「おはようございます」

「おはよう。眠気覚ましにシャワーを浴びてきたらどうだ？」

「……そうします」

先生は私服に着替えて、身なりも整っていた。いつでも出かける準備は万端みたいだ。目が覚めたのは良いけれど、胃がムカムカするし、うっすらと頭も痛いみたいな気がする。身体も鉛のように重い。

「……いたっ」

起き上がろうとすると余計に頭がズキズキとしてくる。喉が灼けるように乾いていて、水も飲みたい。バスローブのままで寝てしまったようで、下着をつけてはいるが前側がはだけていた。

「朝から俺のことを誘っているのか？」

「ち、違います！」

私はササッと前側の部分を見えないように直し、立ち上がる。何だか、クラクラして気持ちが悪いし、やっぱり頭が痛い。ふらふらしながら、冷蔵庫にあるペットボトルの水を出し、ごくごくと飲んで喉を潤していく。

「……う！」

大変だ、気持ち悪いのが込み上げてくる。私は慌ててトイレに駆け込み、ことなきを得る。トイレの水を流して浴室に移動しようとすると、心配した先生が大丈夫かと声をかけてくれた。

「すみません、大丈夫です」

そう返して、シャワーを浴びに行く。一度吐いたら、胃の中はスッキリしたようで少し楽になった。しかし、身体のダルさと頭痛、喉が灼けているのは変わらない。暖かいシャワーを全身に浴びるが、眠気もあって身体がふわふわしている。

何も持たずにシャワーに向かったのだが、上がった時には昨日購入した洋服が脱衣場に置いてあった。先生は口は悪いけれど、気配り上手。そんなところが大好き。そんな風にぼんやりと思いながら、身支度を済ます。

「先生、着替えを置いといてくれてありがとうございます」

「あぁ」

先生がカーテンを開けたので、陽の光が部屋の中に沢山入ってくる。先生は自分でコーヒーを淹れ、椅子に座って飲んでいた。

「二日酔いか？」

「え？　そうなのかな。吐き気は治まりましたが、頭痛があってフラフラします」

「完全な二日酔いだろ。二日酔いになったことがないのか？」

呆れたように言われたが、私が『ないです』と答えようとして口を開いた瞬間――

「危なっかしいから見ていたつもりだったが、途中で止めるべきだった。悪いことをしたな」

そう続け様に言われてしまった。

「先生のせいじゃないです。私が先生と飲むお酒が美味しくて、調子に乗ってしまっただけですから」

「ふっ、昨日の夜は全部、先生のせいだからって泣き喚いていたけどな」

クスクスと笑い出す先生。思い返しても、私にはさっぱり分からない。先生とダイニングバーに行き、カクテルをオーダーしてもらい、二杯くらい飲んで、それから……。あれ？　思い出せない？　コンビニには行った気もするけれど？

それに、ホテルでメイク落としてからずっと素っぴんのままだった。今も頭の中が回転しなくて素っぴんのままで先生の前にいたし。通常よりも綺麗でいたかったのに！　せっかくのお泊まりだったのに何をしているのだろうか？

「メ、メイクしてきます……！」

バッグに常備してある簡易用のメイク道具が入ったポーチを取り出し、スキンケアとドラッグストアで追加購入したアイシャドウが入った紙袋を持って洗面台に向かう。

ドラッグストアで購入した物を確認すると……昨日、購入した入浴剤と一泊お泊まり用のスキンケアは使用してあった。酔っていた私でも、そこはちゃんとしていたみたい。メイクをしながら思い出そうとするが、頭もズキズキするし、記憶を辿れずにいる。

下着を着けてバスローブも羽織っていたけれど、先生とどこまでエッチなことをしたのだろうか？　この腰のダルさは何かしたに違いのだけれど……。先生に脚を開かれて、そのあとは……断片的には思い出したような気もするけれど、先生と最後までしたのかは分からない。でも、そんな大切なことを忘れてしまうってある？

「先生、お待たせし……」

先生は椅子に座ったまま、寝ていた。綺麗な寝顔が妹さんとよく似ている気がする。睫毛が長い。寝息は立ててない。私は先生が寝ているのを良いことに、腰を屈めて間近で眺めていた。

「……ん」

ぼんやりと目を開けた先生。

「あ、起こしちゃいましたね。ごめんなさい」

私は先生の側からそっと離れる。

「急に近寄るな」

先生は顔を押さえながら、そう言った。先生の顔を見ると真っ赤になっていて珍しく思う。

「お前、昨日のこと覚えてないのか？」

先生は私から目線を外して問いかける。

「ダイニングバーに行ったことと、ホテルに来てからのことは何となくしか……」

「俺が話したこともか？」

「話したこと？　……すみません、それも」

大切なことを話してくれたのかもしれないが、全く覚えていない。

「そうか、それならそれで構わない」

先生は立ち上がり、私に背を向けて立った。

「先生が話してくれたこと、もう一度教えてください」

背後から先生に向けて話しかけ、トップスの後ろ側をキュッと掴む。

気になってしまい、夜も眠れなくなってしまうかもしれない。大切なことだったのなら、尚更聞きたい。

「……無理。お前は人の気も知らないで、俺をからかった挙げ句に覚えてないなんて酷すぎるだろう」

先生は低い声で私を蔑んだ。

「ごめんなさい」

「ふっ、……ははっ！　俺が話したことより自分がしたことを知ったら、驚くぞ。きっと俺の顔をまともに見れなくなるかも」

怒っているのかと思っていたのだが、いきなり肩を震わせて笑い始めた。

「え？」

それは一体、何をしてしまったのだろうか？　立ってるだけでも頭はズキズキして痛いし、クラクラしているし……思考回路もまともではなく、考えられない。

「とにかく、今日の水族館行きは中止にする。間に合えば別のホテルの朝食ブッフェに連れて行こうとも思っていたのだが、無理そうだから……送って行くから帰れ」

「え……」

自分が、自分自身の好機を潰してしまった。こんな機会は二度とないかもしれないのに。はしゃぎすぎた自分の責任だ。

「二日酔いは水分を取って寝てればそのうち良くなるから、とりあえず寝ろ。朝食行かないならあと二時間ちょっとは寝てられる」

先生は後ろを振り向いて、私をヒョイッと軽々しく抱き抱える。ドキドキする間もなく、ベッドに降ろした。

「スカートがシワになってしまうか？　でも、少し寝た方がいい」

先生も眠いのか、隣に寝転んで目を閉じる。ベッドサイドの時計を見ると時刻はまだ八時前。何だか不思議だけれど、こうやって二人で寝るのも特別な時間。私も先生の寝顔を見ながら、目を閉じる。

先生は何も言わずに、私の身体をそっと自分の方へと抱き寄せた。私も先生の胸板に顔を埋《うず》めて、背中を抱きしめて寝る。

先生の温もりを感じて、幸せな気持ちのまま眠りについた。

「先生……！　十時過ぎてます……！」

ふと目が覚めてしまい、時計を見ると十時二十五分だった。私はまだダルい身体を無理やり起こし、慌てて先生を起こす。チェックアウトの時間を過ぎているのに、どうやら私たちは寝過ごしてしまったようだ。

「……んー、大丈夫。チェックアウトは十一時だから」

「そ、そうなんですか？　私はてっきり十時かと……」

「言ってなかったかもしれないな。部屋を早く出ても良いし、遅めでも良いと思ったから十一時のプランにしている」

それならそうと言ってくれれば慌てなかったのに。荷物は紙袋に入っている物とバッグだけなので、私は再度、身だしなみを整えるだけ。

頭痛も少しだけ良くなった気がする。先生に水を飲むように促されるが胃のムカムカもまだ少しあって、飲むことを躊躇してしまう。また吐いてしまったら……と考えてしまうが、一気に飲まなければ平気かな？　少しずつ飲むことにすると、吐き気は襲ってこないみたいだった。

「平気そうか？　車に乗れるか？」

先生は不安そうに私に問いかける。

「気持ち悪いのが落ち着いたので、大丈夫です」

「そうか、じゃあ、そろそろ出るとするか……」

洋服や下着の入った紙袋を持ち、部屋をあとにした。

実際に歩くとなると、まだ足取りがふらついてしまう。

「俺の腕に掴まってて」

危なっかしい私を見かねた先生は、そう言って肩を貸してくれる。私は素直に従い、先生の左腕に自身の右腕を絡ませた。

精算を済ませた先生は、ホテルとテナントが繋がっている連絡通路でサンドウィッチ屋を見つける。先生はそこで、ソフトバゲットにフリンジレタスと生ハムやサーモン、チーズが挟んであるサンドイッチとコーヒーを購入。私もサンドイッチを勧められたが食べられそうもないので、水だけで我慢することにした。

車に乗せられ、私の自宅まで向かう。本当ならば今頃は水族館に行っていたのになぁ……。今更悔やんでも仕方がないけれど、次のチャンスがあったら良いのにと願いながら車に乗っていた。

まだ頭痛はするし、吐き気はないものの……胃も完全にスッキリしない。身体がダルくて、まだ火照っている感じもしている。いつになったら二日酔いが消えるのだろう？

『シートを倒して寝てろ』と言われた私は素直に従い、横になりながら先生の運転する姿を眺めていられる幸せ。先生の運転する車は心地がよくて、目がトロンとしてくる。彼女になれなくても、水族館に行けなくても、幸せな一日だったと思いながら意識を手放した——


どのくらい寝ていたのだろうか？　目を開けると海沿いの景色が広がっていた。

「先生……？」

「目が覚めたか？」

「……はい」

ゆっくりと身体を起こすと多少のダルさはあるものの、頭痛もよくなった気がする。

「起こすのも可哀想だなって思って運転していたら、海沿いに来てた。そろそろ自宅に向かうところだった」

先生は彼女でもない私を甘やかしている。自宅に着いたら叩き起こして降ろしてくれれば良かったのに……。そう思ったけれど、先生のこういった、さり気ない優しさに惹かれている自分は嬉しくて堪《たま》らないのだ。

「すみません、ご迷惑おかけして……」

「何を今更、言ってるんだ。いつものことだから慣れている」

「はい、そうでしたね」

先程までの優しさはどこにいってしまったのか。またいつもの先生に戻っていた。意地悪な先生が通常運転の方だから、しっくりくると言えばしっくりくる。

「体調はどうだ？」

嫌味を言ったくせに、今度は気にかけてくる。

「朝よりは元気になりました」

「そうか……。昨日、酒を飲んでから風呂に入ったからアルコール濃度が高いままになってしまったんだな。当面の間、飲酒は禁止だ」

「……はい」

舞い上がっていたとはいえ、先生に迷惑をかけているのだから禁酒する。普段から飲酒しないので、禁酒したところでどうってことはない。ただ、先生と飲むお酒が美味しかっただけだから……

「歯向かわずにしおらしい野上は気持ち悪い」

「それはこっちの台詞です！」

私はシートを起こし、通常の体勢で座る。ちょうど信号待ちになり、先生は私の頭を撫でてきた。

「減らず口叩くようになってきたから元気になってきたんだな。水族館は歩くからやめておくけど、潮風にあたるか？」

「……はい」

不意打ちの微笑みを向けてくる先生に私の心は奪われていく。私も微笑み返すと先生は目線を逸らした。心なしか、先生の顔が赤い。本日、二度目の照れている顔だ。彼女になれたら、可愛い反応をする先生を毎日のように見られるのかな？

先生が連れて来てくれた場所は公園があって、レインボーブリッジが見渡せる場所。

「駐車場から少し歩いたな。気分は大丈夫か？」

先生は心配性なくらいに、朝から何度も確認する。

「大丈夫です。まだ少し身体がふわふわしますけど、朝のような頭痛と吐き気はありません」

「……なら良かった」

危ないのを理由に先生は手を繋いでくれる。二日酔いに初めてなって辛かったけれど、良かったこともある。先生が自分だけのものみたいに優しい。

先生は以前、私を諦めさせるために『大人の恋愛とはセックスをすることか？』と聞いてきた。しかし、それだけじゃないと教えてくれているのは先生自身なのではないか？

「風が少しありますけど、暖かいですね」

「そうだな」

海沿いのウォーキングコースを歩く。程良い場所で立ち止まって海を眺めていると、風が吹いて私のスカートが揺れた。

「普段、こんなに陽の光を浴びないから眩しい」

「え？　裁判所に行ったりしてるじゃないですか？」

「違う。仕事じゃなくて、休日の話」

先生の休日の話、興味がある。いつも何をして過ごしているのだろう？

「休日は何をして過ごしているのですか？」

「休日は掃除や洗濯をしたり、クリーニングを取りに行く日もある。食事は上手く作れないから、デパ地下に買いに行かされたり……ほぼ奴隷のような過ごし方だ」

「奴隷？」

「そう、妹のな」

事務所では威張ってると言ったら失礼かもしれないけど……自宅では先生の立ち位置はそんな感じなんだ。

「あははっ、先生の掃除をしてる姿とか見てみたいです」

私は笑いを堪《こら》えきれずに態度に出てしまった。

「笑うな。あと湯河原に絶対に言うなよ」

「分かってます」

自分から話してくれたくせに先生が焦っている。

「先生は同居してると言ってましたが、以前から二人暮らしなんですか？」

何となく今なら聞ける気がした。

「いや、事務所を立ち上げる少し前からだな。以前は一人暮らしだった」

「事務所を立ち上げるにもお金がかかりますもんね」

「……まぁ、そんなとこだな」

そう言った先生だったが、どこか寂しそうな顔をしていたことに気づいた。これ以上は聞くのをやめておこう。

ぐぅーきゅるる……

「え？　嘘！　何で？」

確かに朝はお水しか飲んでなくて、もう気分も悪くはないけれど……まさか、お腹が鳴るなんて！

「ははっ、アルコールが分解されてお腹が空いてきたんだろう。何なら食べられる？」

「え、え、何だろう？」

ヤダヤダ。先生の前で二回目のお腹の音。恥ずかしい。

「近くにカフェがあったから行ってみるか？」

「はい！」

私に配慮してくれる優し過ぎる先生が眩しくて、彼氏だと勘違いしそう。相変わらず、私の立ち位置は分からないままだが、このままでも幸せだなんて思ってしまう。そんなことを思った時点で、不幸になる準備をしているようなものだけれど。

最後までしているわけでもないし、先生に求められているわけでもないので、立ち位置はセフレではなさそう。職場では上司ではあるけれど、プライベートの立ち位置が正直分からない。

そう遠くない未来までに先生と恋人同士になりたいと願うけれど……現実は厳しい現状である。

第六章　ライバルは救世主？

先生と二人でブライダルフェアの潜入捜査に行ってから、三週間が経った。その間に湯河原君も婚活パーティーに行き、問題になっている男性に接近できたらしい。仲良くなるところから始めると言った湯河原君は次回の開催も行くと言っていた。

「問題の男性は特定できたと思うんですが、どうやら何人かいるような気がしてるんですよね。個人の詐欺ではないような気がしています」

「湯河原に行かせて正解だったな。うちの事務員だったら、ただ騙されて終わりだったかもしれないから」

先生と湯河原君の会話。先生の嫌味もバッチリ耳に入ってきている。そんなことを言われても湯河原君も反応に困って、苦笑いを浮かべていた。

ブライダルフェアの時に出会った女性は事務所に来ることはなかったが、吉田さんの件は証拠を掴めば何とかなりそうな気もしている。

湯河原君にもブライダルフェアのことを聞かれて戸惑いもしたが、ダイニングバーに行き二人で食事をしたことは話した。外泊したことはもちろん内緒で。湯河原君は自分のことのように応援してくれて、喜んでくれた。そんな湯河原君にも恋の予感が訪れることになる。それと同時に私にも一波乱が訪れることになった——

先生と湯河原君はまだ話し込んでいて、私は事務仕事をひたすらこなしている。そんな時、事務所の扉が開いた。

「お邪魔します。伊織君、珍しいお客様連れて来た！」

長身の女性が二人入って来た。二人共、高さのあるヒールを履き、スリムなスーツを身につけ、一人は美脚の目立つスカートを履いて、もう一人はパンツスタイルだが足が長い。どちらも美人さん！　伊織君と呼んだこの方はもしかして……！

「アポイントなしに勝手に来るな。それに何故、澤野《さわの》を連れて来たんだ」

先生は不機嫌そうに立ち上がり、彼女達の前に立ちはだかる。

「澤ちゃんが弁護士の仕事に復帰したいって言ってたけど、うちの事務所はフルタイムじゃなきゃ難しいし、残業もあるから。伊織君の事務所なら短い時間でも問題ないかな？　って思って……」

そう言いながら、視線は私の方に向けられた。私はチラチラと見ていたが、そんなに見てもいけないと思っていたのだが女性の視界に入ってしまう。

「あっ、どこかで見たような気がする。どこかは思い出せないけど……。兄がお世話になっております」

先生を伊織君と読んでいる女性は考え込むような仕草を見せたが、思い出されては困る。きっとこの方は先生の妹さんで、先日の秘めごと中に会った方だから。

「こちらこそ、お世話になっております。事務員の野上と申します。以前は区役所で働いてましたので、もしかしたら、そちらでかもしれませんね」

思い出されないうちに間髪入れずに挨拶をする。

「そっか！　私は伊織君の妹で瀬山果凛と言います。こちらは伊織君の同期で澤野麗奈《れいな》さん。以前は三人一緒に働いていたのだけど……」

果凛さんはチラッと隣の女性を見る。隣の女性が首を小さく振ると言葉を濁した。

「瀬山君、子供が学校行ってる間に働きたいの。お願いできないかな？」

澤野さんという女性も先生に頼み込んでいる。話が長くなりそうだから……と応接テーブルに移動して話す三人。私はコーヒーとお茶菓子を用意して、対応する。

どちらもロングヘアだけれど、ダークブラウンの髪色で毛先だけを巻いていて、パンツスタイルが果凛さん。寝顔しか見たことがなかったけれど、涼やかな目元が先生によく似ている。

同じような髪色のストレートなロングの方が澤野さんで、果凛さんよりも身長が高い。目元はパッチリ、鼻筋も通っていて、艶々で薄い唇。どちらも美人さんで、私は場違いな感じがしてしまう。先生はこんな綺麗な人たちと仕事をしていたんだ。何だか、カルチャーショック。

「野上さん、野上さん！　先生の妹さん、めちゃくちゃ美人ですよね！」

湯河原君のテンションが高い。

「そうだね。湯河原君、タイプなの？」

「どストライクです」

「……そう。みんな、美人さんには弱いよねぇ。でも、果凛さんて先生とは違う雰囲気だね。果凛さんは明るくてサバサバ美人っぽい」

「ですよねー！」

わくわくしている湯河原君は楽しそうだ。私の恋愛もそうだけれど、果凛さんは一筋縄でいかないような気がする。あくまでも私の勘だけれど。湯河原君は爽やかイケメンだから外見はクリアしたとしても、性格が合うのかどうかは本人達次第。

先生達の話が終わるまで無駄話をしていた私たち。話が終わった時に私たちは先生に睨まれ、何事もなかったかのように仕事を再開する。

「あれぇ？　君はパラリーガル？」

果凛さんは帰り際、紹介されなかった湯河原君を見て訪ねる。

「湯河原大地です。新卒で入りましたパラリーガルです」

元気に挨拶をした湯河原君だったが……。

「湯河原……？　君、クレピス法律事務所のを蹴った国立大卒ね。珍しい名字だから覚えてた」

果凛さんは不敵な笑みを浮かべた。

「え？　何故、それを……」

「クレピス法律事務所が私が働いている事務所だからよ。そっか、大手を蹴って、ここにいるの。

あははっ！　面白いね、君」

湯河原君は驚いていたが、果凛さんは声を出して笑っている。先程、三人で働いていたと聞いたが、クレピス法律事務所という事務所で働いていたのか。先生が有名な事務所で働いていたことは知っていたが、絶対にどことは言わなかったので知らなかった。知られたくないのだろうと思って、私も詮索はしなかったのだが……

先生はホームページの経歴に過去の所属事務所名を載せていなくて、わざとそうしているのだろうと思っていた。このことについて、先生からは今まで何も聞いたことがない。

「大学時代、瀬山先生の裁判を傍聴しまして感化されて今日に至ります。せっかく一緒に働けるはずだったのですが、先生は辞めてしまったと聞いて、どうしようか迷っていた時にこの事務所が立ち上がったのを知りました」

「そう……。大手事務所を振ったこと、後悔しない日が来るといいわね。じゃ、せいぜい頑張って」

カツカツとヒール音を鳴らし、手をヒラヒラとさせて事務所を出ていく果凛さん。前言撤回、果凛さんの発言は先生に似ている。失礼ながら、先生みたいに性格もめんどくさそうかもと思ってしまった。

果凛さんと澤野さんは事務所を出る時に、私にお辞儀をしてくれた。私もそれに応えて、その場でお辞儀をする。

「あー、疲れた。野上、コーヒー淹れて」

二人が帰ったあと、先生は椅子にふんぞり返ったように座る。

「さっき飲んだじゃないですか」

「お代わりしたい」

世話の焼ける先生である。私はお湯を沸かし、ドリップコーヒーを準備する。従業員用のコーヒーはネット通販で購入しているのだが、先生が一日三杯は飲んでいるので減りが早い。

「はい、どうぞ。お二人共、弁護士だったんですね」

私は淹れ立てのコーヒーを先生のデスクに置く。

「そう。どっちも鬼のように怖い。容赦しない。そんな澤野だけど、嫁の貰い手はあったんだから世の中分からないな」

そんなことを先生が言うのはどうかと思うのだが……。先生も似たようなものだと思うけれど。

「あー、そうだ。湯河原、アイツはやめとけ。湯河原が相手にできる女じゃないから」

先生はコーヒーを飲みながら湯河原君に促す。

「え？　何で？　分かったんですか？」

湯河原君は慌ててしまい、ノートパソコンの横に置いてあった資料を肘で押してしまい、床にばら撒いた。

私はそっと拾って湯河原君に渡す。

「俺を見くびるな。お前たちの話は筒抜けだ」

私と湯河原君は思わず目を合わせる。先生は聞き耳を立てていたわけではないが、自然に耳に入ってきた、と。私たちはそのまま口をつぐみ、仕事を再開する。

「野上、澤野がパートタイムで働きたいと言っているがどうする？」

どうするって、何故私に聞くのだろう。決定権は先生にあるのに。

「仕事も増えてきましたし、お子さんがいらっしゃるので澤野さんのご希望の時間に出退勤ができるなら良いと思いますよ」

「そうか。うちの人事部長がそう言ってるから、採用するか……」

「何なんですか、人事部長って。全然、そんな風に思ってもないくせに」

私は呆れたように返事をすると、先生は溜め息を吐いた。勝手に決定権を委ねられた、こっちが溜め息を吐きたい。

先生と澤野さんは同期だと言っていたので、同い年かな？　どのくらいの期間、一緒に働いていたのか分からないが、澤野さんは過去の先生を知っている。一緒に働くということは、先生の以前の仕事ぶりなどをそのうち聞くことができるだろうか？

「先生、事務が一区切りついたので郵便を出したついでに切手とか購入してきますね。他には何かありますか？」

「特にない。来週の予定表だけ置いていって」

「分かりました」

一週間のタイムスケジュールを印刷して、先生のデスクまで持って行く。来週は裁判所に出向いたり、クライアントの相談が立て続けに入っていたりで忙しい。

「では、行ってきます」

私は事務所の外に出ると郵便局に向かった。事務所からそんなに遠くない位置にあるので、すぐに着いてしまう。用事を済ませた私は、ちょっとだけ寄り道をしてコーヒーショップに行く。自分のお金でコーヒー豆を挽いてもらった。

その帰りに澤野さんを反対側の歩道に見つける。ランドセルを背負った男の子を連れて歩いていた。ママの手をギュッと握りしめ、小さい身体で一生懸命に歩いている。澤野さんは遠くから見ても綺麗だなぁと見とれていたら、横断歩道からこちら側に渡ってきた。

「こんにちはっ！」

「こんにちは」

ママの手をグイグイ引きながら、男の子は私に近づいてきて挨拶をしてくれた。

「あのね、ママのお仕事の人だからって言われたから、会いたいって言ったんだ」

「そっか、ありがとう」

男の子がにこにこ笑顔で話しかけてくれたので、私もそれに応えるように笑顔で返した。

「そっか、もう連絡が入ったんですね。よろしくお願いします」

私は澤野さんに向かって挨拶をする。

「時間も限られてしまうので、補佐的な役割しか出来ないのですが……弁護士資格はあります。ご迷惑をおかけするかと思いますがよろしくお願い致します」

澤野さんは優しく微笑み、そう言ってお辞儀をされる。それを見ていた男の子も真似をして、深々とお辞儀をする。

ガサガサーッ。

男の子のランドセルの留め具がきちんと閉まっておらず、蓋が開いて中身が歩道に散らばった。コントではお約束のネタみたいな光景に、慌てて教科書やペンケースなどを拾い集める。

「ごめんなさぁい」

「大丈夫だよ、気にしないでね」

男の子がしょんぼりしていたので、ニコッと笑いかけて、教科書等を入れたあとランドセルの留め具をしてあげた。澤野さんにも謝られたが、全然気にしないでほしいと伝える。

「お名前教えてくれる？」

私は男の子の視線に合わせて、腰を降ろす。

「さわのあまねです」

「私は野上杏沙子です。よろしくね」

澤野周《あまね》君。周囲の人に気配りのできる子になりますように、との意味を込めてつけた名前だと澤野さんが教えてくれた。

「あの……初出勤はいつからになりますか？」

デスクは二台余っているものの、パソコンやその他の備品は購入しなければならない。そう思って、何となく尋ねてみた。

「まだ具体的なことは何も決まってないんです。この子もまだ一年生だから帰りも早いし……。ゆくゆくは学童も見つけなきゃいけないでしょ」

「そうですよね……」

初出勤を焦らせてしまったらダメだよね。私は独身でママさんの事情が分からない部分も多いから、気をつけよう。

「また詳しい話は事務所に来て、お話しましょう。周君も連れて来て大丈夫ですから」

「ありがとうございます。では、また」

私は周君とバイバイをして、その場を立ち去った。周君、小学校一年生ながら綺麗な顔立ちをしていた。ママが美人さんだからかな？


澤野さん親子と別れたあと、私は事務所に戻り、コーヒーと切手をしまう。

「さっき、澤野さんに会いましたよ。もう採用の連絡をしたんですね」

「あぁ。都合もあるから、早めの方が良いと思って」

「澤野さんのデスクは？」

「どちらでも良い」

先生は私の方は見ないで、ノートパソコンで作業をしている。私と湯河原君は対面で座っているので、私たちの両隣は空いている。女性なので私の隣で良いかなぁ。独断と偏見で私の隣にする。

自分のタイミングで事務所内の掃除をすることにしているので、ついでに澤野さんのデスクの上も掃除しようと思い立つ。

「先生、今日は澤野さんのパソコンを見に行くので定時に帰ります。業務にするから、今行ってきていいぞ。帰って来たら定時になるだろうし……」

湯河原君も仕事が一段落ついたようで、パソコンを閉じた。

「ありがとうございます。すぐに行って来ます」

先生は仕事の備品は量販店では購入せずに、なるべくこの付近で済ませている。事務所のアピールにもなると思うが、それ以前に先生なりの気遣いだと思う。

湯河原君は出る前に私に目線を送り、『頑張って』とアイコンタクトをくれた。職場恋愛は周りを巻き込んでしまい、迷惑になる場合もあるけれど湯河原君は常に応援してくれている。ありがたい話だ。湯河原君て、弟的な存在。あんな可愛い弟がいたら嬉しい。

「野上、澤野のことだけど……」

湯河原君が事務所を出て、十五分くらい経過しただろうか。私が澤野さんのデスク周りを拭いていると先生が話しかけてきた。

「はい、何でしょうか？」

「澤野に言われる前に言っておく。澤野は同期でもあり、大学も同じだ」

「そうなんですね、もう長い付き合いになるんですね」

「……あぁ」

先生が何かを伝えたいのは何となく分かる。そんな時はいつも黙りになってしまうから。私に不都合なことを伝えたいのだろうか？　私からは聞きたくないような気もするので、先生が話してくれるまでは放っておこう。他の掃除も終わらせて、時計を見ると定時まであと僅かだった。

「先生、私も定時で退勤しますけど？」

あれから何も話はしないので私から声をかけてみる。しかし……

「俺は湯河原が帰ってくるまで待ってる。遅いから渡辺さんにでも捕まったのかもしれないな」

「そうですね」

何も言ってこない。話はアレで終わりなの？　大学も一緒で同期だからって、特別なことではない。特別な関係があるならば別だけれど……もしかして……

「澤野さんて、先生の元カノですか？」

まどろっこしくて辛くなってきた。聞かないつもりだったけれど、もういいや。

「え？　知ってたのか？　……というより、澤野から聞いたのか？」

驚いている先生だが、分かりやすくて私にはお見通しだった。

「会ったばかりの人に、そんなことを聞きませんよ。先生は私に言いたくないことは黙りだから分かります。想像で言ったのですが、本当にそうなんですね」

私は冷たい態度を取る。

「別に澤野さんが元カノだろうと気にしませんけど、採用の可否を私に委ねた挙句にあと出しみたいにそんなことを言わないでください！」

先生が悪いわけじゃない。澤野さんが悪いわけでもない。しかし、私の心は複雑で苛立ってしまう。それは、澤野さんとは学生時代にお付き合いしてたのに、私の立場は何者でもないからだ。

『諦めろ』と言ったくせに思わせぶりな態度ばかりをとられて、自分でもどうして良いのか分からないから。

「それから、仕事上、元カノとか何とかそんなの関係ありませんから！　私は先生ともお付き合いしてないですし、どうせ……先生の暇つぶしなんでしょ！」

先生の本音は聞かせてもらえなくて、悔しくて、どうしようもない。自分の中のぐちゃぐちゃとした感情が溢れ出してしまう。

「定時割れしちゃうけど、もう上がります」

定時まであと三分弱。退勤は十五分単位になるので、お給料からマイナスになるが、どうでも良い。私はバッグを持ち、先生のデスク付近にあるタイムカードを押そうとした。

「……野上」

「離して！」

先生は椅子から立ち上がり、私の腕を掴む。

「先生といると嬉しいし楽しかったけど……本当は辛かった。先生は私のことを弄《もてあそ》んで楽しいですか？　もう構わないでください！」

腕を振りほどき、タイムカードを押すと定時が過ぎていた。私は飛び出すように事務所を出ていくと、ドンッと誰かにぶつかる。

「ごめんなさい……！」

私は知らない誰かに謝り、とぼとぼと歩き始める。ほんの僅か歩いたところで、ふと事務所の方に目を向ける。事務所の扉が開いて先生が外に出てきたような気もしたけれど、気のせいだったのかも。

先生は私のことなんて、これっぽっちも好きじゃないのかもしれない。たまに見せる優しさも、身体に触れたのもただの気まぐれだと頭の中で処理をすれば楽になるのかな？

バッグの中から、メッセージの通知音が聞こえた。立ち止まりスマホを取り出す。

『水族館いつ行く？』

先生からだ。せめてもの罪滅ぼしなのか、二日酔いで行けなかったので単なる律儀なだけなのか、こんなメッセージを送ってきた。私は虫の い所が悪く、既読スルーをしてスマホをバッグにしまう。

すると、すぐにまたメッセージがきていた。

『湯河原が帰って来たから今から迎えに行く』

勝手過ぎる。私は既読スルーを続行し歩き出した。


背後から誰かの足音が聞こえる。ジョギングよりも全力疾走をしているような……。ぶつかるかもしれないと歩道の端に寄ろうとした。すると突然として、足音が聞こえなくなって不審に思う。

「野上！」

聞き覚えのある声に振り向くとジャケットを手に持ち、ネクタイを胸ポケットに入れている姿の先生だった。先生は息を切らしている。車で来れば早かったのに、どうして走って来たの？

「良かった……、追いついて」

私は追いかけてくれたのにもかかわらず、ふいっと前を向く。もう流されたくない。

「野上が返事をくれないから、急に不安になった」

……違う。先生に情けないことを口に出してほしいわけじゃない。

「気づいたら、ジャケットを脱いで走り出してた」

そんなの、先生らしくない。先生はもっと堂々としてて俺様で自分勝手で、でもたまに優しくてたまらなく可愛いツンデレじゃないとダメなんだ。

「俺の前からいなくならないでくれ」

背後から聞こえる声は弱々しく、別人みたいだ。立ち止まっている私は、一歩を踏み出せない。

今までなら、嬉しかった言葉も何か違うような気さえして後ろを向くこともできない。

「あの……、そこまで言うなら、水族館に行く日はクリスマスイブにしてください。予定を空けておいてくれますか？」

『諦めろ』と言った張本人だもの、クリスマスイブは避けるに違いない。絶対に予定は空けないと言ってくるはずだ。そしたら、もう先生のお望み通りに諦める。

「……あぁ、クリスマスイブも年末年始もずっと空けとく。野上のためだけに時間を使うよ」

予想だにしない展開に私は戸惑う。依然として、先生が変だ。いつもなら言わない台詞を吐いている。

「ず、ずっと……空けといてもらっても困ります！　私にだって用事がありますから！」

もしかしたら年始に友人と会うかもしれないけれど、まだ未定。もはや埒が明かないので、私はそのまま歩き出す。

「それに私も実家に住んでますし、先生だって妹さんがいるじゃないですか。気軽に行き来なんてできないし、毎日のように違う場所への外出も厳しいと思います」

先生は私の後ろを着いてくる。

「そうだな。じゃあ、その辺はあと一ヶ月と少しあるから何とかする。とにかく、水族館はクリスマスイブだな。絶対に空けとくから」

「……はい」

今の私は絶対に可愛くないし、性格も悪い。ずっと眉間に皺を寄せてイライラしている。いつもなら舞い上がってしまうのに、今日の私は先生に刃向かってばかりだ。

「ところで、迎えって言ってましたけど何ですか？」

私は立ち止まり、後ろを振り向いて聞く。

「ドライブ行かないか？」

先生からの誘いは常に突然やってくる。ドライブと聞いて心躍ってしまうけれど、すぐに返事なんてしてあげない。

「どうして？」

「どうしてって、単に野上と一緒にドライブ行きたいから」

「私、また寝ちゃうかもしれませんよ？」

「それでもいいよ」

先生は優しく笑いかけると、そっと手を繋いだ。

「や、やめてください！　誰かに見られますから！」

「いいよ、見られても。俺は困らない」

私は手を振りほどこうとしたが、先生がギュッと握ってくるから離せない。先生が何をしたいのか、さっぱり分からない。

「先生……。先生が追ってこなければ、私は諦める決心ができたのに。何故、邪魔をしたんですか？」

先生の顔色など伺わず、一本調子の冷たい言い方をする私。

「野上を失うのが怖くなったから」

「……ふぅん。随分と勝手ですね」

そう言った私の顔を上から見下ろしてきて、視線が合った。私は視線を逸らし、唇をキュッと噛む。

「お前、以前の男にもそんな風に笑ったり、怒ったり、忙しかったのか？」

「え？　以前の男？」

「……あぁ」

先生に初めて聞かれた。良い機会だと思うし、隠していることでもないので話しておこう。

「彼氏はいましたけど、振られました。先生のように気性が荒くなく穏やかな彼氏だったので、ケンカもしたことがなかったし……。このまま付き合っていけば結婚できるかなって思ってた矢先、振られました」

「そうか……、それは残念だったな」

「二番目の彼氏は詐欺師、次に恋をした人は扱いにくい人で、男運がなさすぎて泣きたくなります」

私は先生に対して嫌味っぽい口調で面白くなさそうな態度を取る。

先生は私のことをどうしたいの？

来年の二月で二十七歳になる。そろそろ結婚も視野に入れていきたいので、ドキドキするだけの恋愛はそろそろ卒業かな……

先生が契約して停めている月額駐車場に着き、私は素直に車に乗り込む。当たり前のように助手席に乗ってるけれど、初回から後部座席に乗れば良かったなとふと思う。後部座席に乗っていれば、特別感が増さなかったのにな。

「……で、結婚願望はあるのか？」

車を駐車場から出して道路に出た時に先生は聞いてきた。

「え？　そりゃ、ありますよ。もうすぐ二十七歳だから。いずれは子供も欲しいし……なるべく早く結婚した方が得策かな、と」

友人の赤ちゃんに会わせてもらって、ぷにぷにでママを頼りにしてるという感じが可愛くて、できることなら私も早く欲しい。その夢は先生とは叶わないかもしれないけれど。

ブライダルフェアの時、ドレスの試着しなくて良かった。試着までしてたら、他の誰かとブライダルフェアに行く度に先生のことを思い出してしまうから——

「俺は……」

先生が何かを言いかけた時、私のスマホの着信音が鳴った。先生にすみませんと一言断りを入れ、スマホに手を伸ばす。非常にタイミングが悪い。元彼を知っている大学の同級生だった。今でもこうしてたまに元彼の現状報告が来る。もう、わざわざ聞きたくなんかないのに……。私と別れたあとに付き合った彼女とは別れたらしいけど。

「出ないのか？」

「いいんです、大した用事じゃないので」

先生が私に問うけれど、そう答えてスマホをバッグの奥にしまう。

「……俺からの連絡も大した用事じゃないと思って、見るだけ見てバッグにしまったんだな」

私の行動を見ていた先生は、溜め息を吐きながら愚痴をこぼす。

「違います。先生からの連絡は何て返したら良いのか分からないから返さなかったんです。それに……」

淡々と返事をする。虫の居所が悪いと言いそうになり、言うのをやめた。

「それに？」

「別に何でもないです」

私は拗ねたような態度を取り、そっぽを向く。先生はそれ以上は尋ねることをせず、お互いに黙っていた。どこに連れて行かれるか分からないままに、車は走行距離を伸ばしていく。

「クリスマスイブは外泊の許可をもらってきて」

沈黙を破り、先生が私に話しかける。また勝手なことを言い始めた。

「外泊、しませんよ。彼女じゃないですから」

刺々《とげとげ》しい言い方をして、先生に八つ当たりする。

「そう……。じゃあ、俺が直々にご両親に許可をもらいに行く」

先日の外泊の時は当日に電話をしたが、子供じゃないのですぐに許可は降りた。帰り際、二日酔いの私を送り届けてくれた先生。日曜日で両親も在宅中だったので、先生は挨拶をしていた。その時から既に両親は先生が『彼氏』なのだと勘違いしている。娘が宙ぶらりんな扱いをされていると は、思ってもいないだろう。

「勝手に自宅に来ないでください。先生は上司ですけど、それだけですから」

「ずっと不機嫌で面倒くさい奴だな。あの時みたいに素直に俺が悪いって罵られた方がどんなに楽か……」

あの時とは先日の外泊の日。私は酔っていて『先生が悪い』と口に出していたらしい。今みたいなしんみりした雰囲気では、絶対にそんなこと言えない。何も返さず黙っていよう。

「また黙るのか……」

そんな台詞は先生自身ではなく、私が吐きたい。先生は私に何と言わせたいのか……

「じゃあ、野上が黙らないようにクリスマスイブの計画を立てようか。今年のクリスマスイブは確か、日曜日だから次の日は仕事だ。外泊するとしたら前日の二十三日の方がいいかもしれないな」

先生は私に断りもなく、勝手にどんどん決めていく。

「勝手に決めないでください！　先生って湯河原君から聞くに絶対的エースな存在かと思ってましたけど、女性の扱いは慣れてないんですね。俺が誘えば女性はみんな来るとか思ってますか？」

どんどん嫌な女になっていく。嫌味の一つでも言ってないと精神的に落ち込んでしまうから。澤野さんとは付き合えて、私とは付き合えない理由を聞かせてほしい。

「そんなことは思ったこともない。むしろこっちから声なんてかけないし、誘ったこともない。だけど、野上だけは俺の手の届く範囲内に置いておきたいと思う」

そんなことを言っておきながら、好きだとは言ってくれない。私のことを本当はどう思っているのだろう？

「私は……」

先生の彼女になりたい。曖昧な関係を容認できるほど、私は大人でもない。そして、恋愛の駆け引きも辛くなってきた。言葉が上手く出てこなくて、声が出なくなったみたいに話すことができない。

先生は見覚えのある景色まで車を走らせて、車を駐車した。

「さて、降りるか」

先生から降りるように促されて、私も素直に降りる。

「ここはこないだの……」

「そう、夜景が綺麗だな」

夜景は幾度となく見てきたが、この場所で見る夜景は先生が初めて。この公園にも先生と来たのが初めてで、私にとっては思い出の場所。先生もそう思って連れて来てくれたのだろうか？

「夜は冷えるな。寒くないか？」

「大丈夫です」

先日は休日の昼間だったので沢山の人がいたけれど、夜は穴場スポットなのか、それほど賑わってはいない。

「……澤野は大学で知り合って、二年くらい付き合っただろうか？　そんな頃に澤野から振られた。元々は友達みたいなものだったから、元に戻ったみたいな感じだった。大学卒業後は同じ法律事務所で働いていたが、よりを戻すわけでもなく、関係性も友達のまま」

「先生が振られたんですか？」

どちらから歩み寄ったかは分からないが、まさか先生が振られるなんて。

「あぁ、そうだ。あっさりと別れましょう、とだけ。理由は分からないし、聞かなかった」

澤野さんはサバサバしているように見える。過去は振り返らない、そんな気がした。本人に聞いたわけではないが、私同様、澤野さんも先生といると胸が押しつぶされそうになったのではないか？　自分はこんなにも好きなのに、お返しの好きが戻って来ないと辛くなる。理由を聞いたところで言わないと思う。

「別れの時なんて、あっさりしてるもんですよ。ふとした瞬間に訪れるから」

私は自分の立場も踏まえて話す。冷たい風が通り抜け、肌寒く感じる。元彼の時のようにあっさりと振ってほしい。

「野上もそうやって、以前の男にあっさりと振られたのか？」

「そうですね。面と向かってじゃなくて、メッセージが来て終了です。今までの時間は何だったの？　と思いましたが、月日が経てば忘れられます」

……だから、先生に振られたとしても時間が解決してくれる。そう信じている。

「でもメッセージだけで終わりにされるのは本当に悲しいから、さよならしたい時は、きちんと口に出してほしし……」

泣きそう。目尻の奥から今にも涙が零れ落ちそうだ。

先生は私を引き寄せて、強い力で抱きしめる。力強くて、腕が背中が痛い。首筋には先生の吐息を感じる。

「先生、痛い」

「野上、もう少しだけ考える時間をくれないか。どうしたら、野上を守り抜けるのか……考えても答えが見つからない」

「それって、どういうこと？」

先生は私を抱きしめたまま、問いには答えてくれない。

「本当は今すぐ抱き潰したい。めちゃくちゃに愛して、蕩《とろ》けさせて……乱れてるところが見たい」

「ちょ、っと……！　誰かが向こうから歩いて来ます。離して！」

心臓が跳ね上がり、バクバクしている。先生はこの期に及んで、思ってもみないことを言ってきた。視線の先から誰かが歩いてくるのに、強く抱きしめられていて逃れられない。知らない人だろうけれど、公衆の面前で恥ずかしくなる。

「離さない。もう少しだけこのままでいさせて」

先生は私の後頭部を優しく撫でながら、ギュッと抱きしめたままだ。先生の温もりとほんのりと香るフレグランスが心地良くて、また流されてしまう。無理矢理にでも振りほどくこともできたかもしれないのに。諦めたいのに、どうして手放す覚悟が決められないのだろう？　私は、おざなりになっていた自分の両腕で先生の背中にしがみついた。

「先生、夜景を見に来たんじゃないんですか？　少し歩きましょう」

「そうだな、一回りしたら夕飯食べに行くか」

先生から手を引こうとすると追いかけてくるし、逆にアプローチすれば逃げていく。どうしたら先生を捕まえられるか、それとも逃れられるのか。頭の中で考えて見ても答えは出ないままだ。

口喧嘩もせず、穏やかなままで過ごせば、差し障りなく毎日が過ぎていく。……と自分なりの結論に至ったのだが、その考えも甘かったようだ――

＊＊＊

先生が私を追いかけて来た日から、十日が経過した。あの日はあのあと二人で食事をして、自宅に送り届けられた。その後は先生と出かけたりはしていないし、プライベートなメッセージなどはお互いに送り合ったりしていない。

澤野さんは、あれからすぐに働き始めて今日で三日目。初めて会った時の高さのあるヒールは履いておらず、スーツもパンツスタイルだ。

「瀬山君があの時、会計係で……」

「そう、田村が一生懸命にクレープの生地を追加しても間に合わなくて」

先生と澤野さんは大学の文化祭の話で盛り上がっている。ここは職場ではなく、学生が集うカフェか何かなの？　二人はコーヒー片手に思い出話をしている。

「野上さん、大丈夫ですか？　すごい勢いで入力してますけど」

「大丈夫。間違えてはいないはず」

雛形が予《あらかじ》め用意されているので、異なる部分だけを入力すれば良い。しかし、心中穏やかではなくタイピングで精神統一しているため、初めから入力している。カチャカチャと事務所に鳴り響くタイピングの音。

澤野さんはご結婚してお子さんもいる既婚者なので、ヤキモチを妬かなくても良いのだが、学生時代の話をあんなに楽しそうに二人で話されると複雑。私の知らない先生を澤野さんは知っている。そう思うだけで、胸が苦しくなってしまう。

「野上、音うるさい。キーボードも壊れる」

先生が自分のデスク周りから、私に向かって注意をしてくる。私は不満そうな態度を顔に滲《にじ》ませ、キーボードに入力する手を止めた。

「少し早いけど、お昼食べて来ます」

私はデスク下の引き出しからランチバッグを取り出して立ち上がる。いつもはデスク上で休憩しているけれど、今日は天気も良いし、公園か自宅に戻って食べてこよう。

「杏沙子ちゃん、私も行く。たまには外でランチしよっ」

私が休憩に行く支度をしていると、澤野さんが先生との話をやめて声をかけてきた。澤野さんは事務所で仕事を始めてから、私のことをちゃんづけで呼んでいる。

「でも、私はお弁当がありますし……」

澤野さんは、私の手に握られているランチバッグをヒョイッと奪い、先生のデスクに置いた。

「お弁当は瀬山君が食べればいいよ。行こっ！」

「えー！」

強引に事務所から出される。澤野さんに連れてこられた場所は、少し前にリニューアルオープンした時に先生が買ってきてくれたパン屋さん。パン屋さんにはイートインスペースが隣接していて、購入したパンとドリンクを飲食できる。

先生に渡されたお弁当の中身は、玉子焼きやハンバーグなど。子供っぽい取り合わせで、何だか気が引けてしまう。いつもなら夕飯の残りも入っているが、今日はお弁当用に手作りしたものだから、それだけが救い。

「杏沙子ちゃん、決まった？　一緒に出して！」

「大丈夫です、自分で払いますから」

「いいから、いいから！」

澤野さんは私が選んだパンのトレーを奪い、一緒に会計を済ませてイートインスペースに向かう。

「ありがとうございます。すみません、ご馳走になってしまって……」

「ううん、いいの。これからもたまに一緒にランチしよっ」

パンを七百円以上購入すると、イートインスペースで飲むコーヒー又は紅茶が無料。私たちは紅茶をいただいて、席に座った。

「瀬山君てさ、サンドイッチ好きだよね？　朝も昼も食べてるのを見かけた時がある」

澤野さんは先生の話題を出し始める。さすが、元カノだけあって情報は持っている。

「このお店がリニューアルオープンした時に、私と湯河原君に買って来てくれたのもサンドイッチでした。ふわふわしたパンとバゲット、両方好きみたいですね」

ヤキモチを妬いてモヤモヤしてしまう気持ちを抑えて、『とにかく冷静に』を心掛ける。

「そうなんだ。それは知らなかった。いつもは食パンに挟んであるものしか食べてるのを見たことがなかったから。体型というか、筋肉量とか気にしてるくせに太りやすいパンが好きなんだよね」

私よりも澤野さんの方が、先生の情報データ量は格段に多い。先生の体型はスリムな筋肉質で、夜は炭水化物は食べないと言っていた。

「先生、夜は炭水化物を食べないと言ってました。お酒を飲むからカロリーを摂り過ぎるって……」

私がこの話をしたら、澤野さんは驚いた顔をした。

「瀬山君から何も聞いてないのね？」

胸騒ぎがする。

「え？」

「確かにカロリーを気にしているのもあるけど、それだけじゃないの。寝る前に強いお酒を飲んでるのだって、ちゃんと訳がある」

澤野さんは意味深な返しをしてきた。

「それは一体、どういう……」

私は先生のことを何も知らない。聞いてもはぐらかされて、曖昧なままだった。

「詳しい話は瀬山君から聞いてね。一度だけ、本当にサラッとしか言わないから」

「はい」

澤野さんは柔らかい微笑みを浮かべると、ポツリポツリと話し出した。

「瀬山君には両親同士が決めた婚約者がいたんだけど、その女性が事件に巻き込まれたの。それから婚約破棄になって、以来瀬山君は誰ともお付き合いしてないみたい」

「そうでしたか……。でも、何故、それを私に？」

「杏沙子ちゃん、瀬山君が好きだってこと分かりやすいんだもの。瀬山君だって、ふとした瞬間に目で追ってるし。お互いに初々しくて、中学生の恋愛みたいでこっちが照れちゃう」

澤野さんはそう言ったあとにあはは っと声を出して笑い始めた。そして付け足すようにこう言ってくれた。

「瀬山君が一歩踏み出せないのは元婚約者に引け目を感じているからなの。あとは杏沙子ちゃんの頑張り次第ね」

「ありがとうございます。さっきは嫌な態度を取ってしまってごめんなさい」

澤野さんは私の気持ちを汲み取って、大切にしてくれただけだった。もうヤキモチなんか妬かなくて大丈夫。そもそも澤野さんは既婚者でお子さんもいるのだから、先生にはもう恋愛感情は湧かないよね。

「瀬山君って肝心なことは何にも言わないのよね。そんなところがイライラしちゃう。付き合ってた時の瀬山君は私のことなんて全然眼中にないんだもの。辛くなって、こっちから振ってあげた」

澤野さんは紅茶のカップを手に持ちながら、目を伏せがちな表情で話す。当時を思い出して、しんみりしているのだと思う。私も自分がそうされたとしたら、覚悟を決めた時点で自分から去るタイプ。付き合っているのに眼中にないのは、自分だけが切なくて苦しい。

「それに……ふふっ、二人をわざと試すようなことしてごめんね。瀬山君と必要以上に仲良くしたら杏沙子ちゃん怒るかな？　って思ったら、本当に不機嫌になっちゃった」

澤野さんはずっと笑っている。私たちのためにわざと試したと解釈していいのだろうか？

「それは、えっと……本当にごめんなさい！」

「違うの、謝ってほしいんじゃなくて。私は元彼の瀬山君にも、私みたいな元カノを受け入れてくれた杏沙子ちゃんにも心から幸せになってほしいだけなの」

「澤野さん、ありがとうございます」

優しさに触れて目の奥がじんわりと熱くなる。泣きそうだけれど、堪《こら》えなくては。

「瀬山君の好きになった人が杏沙子ちゃんみたいな健気で優しい子で良かったよ。時間なくなっちゃうから、急いで食べちゃおう！」

店内の時計を見ると十二時二十分を過ぎていた。休憩は一時間と決められていて、事務所を出てから既に三十分が経過している。移動する時間も併せて一時間以内に戻らなくてはいけない、と急いで昼食を済ませる。

澤野さんは学生時代、本気で先生を好きだったことが伝わってきた。愛した人の幸せを心から願っているなんて、私よりも澤野さんの方が健気で優しい人。先生はこんなにも素敵な人とお付き合いしていたんだ。

それなのに、澤野さんの内面を見ていなかったことが残念。美人でスタイルもよくて、性格も良い。男女問わず、誰にでも好かれそうな澤野さん。先生は何がダメだったというのか？

「周のことも色々と考えてくれてありがとう。新しい学童に行けるようになるまでは迷惑かけちゃうと思うけど、よろしくお願いします」

昼食を済ませて事務所に向かいながら、澤野さんが私にお礼を言った。

「いいんですよ、お任せください！　周君、可愛いし大歓迎です」

澤野さんは働く時期を迷っていたのだが、私の提案により早めに勤務できるようになった。

……というのも、いざ働こうとしても学童保育の受け入れ先がなく、一年生で早めに帰って来てしまう周君を学校帰りに事務所で預かっている。澤野さんの業務は忙しいので、私が学校付近までお迎えに行く。受け入れ先が見つかるまでは、とりあえずこの方法で試そうと決めた。

「私ね、旦那と喧嘩中で……。何故かと言うと周が一年生になったし、そろそろ二人目が欲しいって言われたの。でも、妊娠出産と仕事と周のことの三つを上手くこなすことなんてできないと思って……とりあえずは前の職場を辞めてみた」

私の仕事はこれといって資格も必要なければ、他の人にも充分に勤まるのでいつ辞めても構わない。澤野さんみたいに手に職を持っている女性は、家庭と仕事の狭間で悩んでしまうのだろう。

「けど、仕事してない自分って……何だかポサッとしてて。今までは帰宅時間も遅くて周にも寂しい想いをさせてしまったから、少しでも長くいたいけど仕事もしたいと果凛ちゃんに相談したら、瀬山君の事務所を紹介されたの」

「そうだったんですね。先生も澤野さんが事務所に待機して下さることにより、もっと自由に動き回れますので感謝していますよ、きっと。それに、妊娠しても働きやすいと思います。私も協力しますから！」

「杏沙子ちゃんにも相談して良かった、ありがとう」

私は弁護士資格はないので、身の回りのサポートしかしてあげられない。それでも、澤野さんと周君が幸せに過ごせるのなら嬉しい。

事務所に戻ると、先生はイライラ気味だった。湯河原君はとりわけ気にしていないようで、通常通りに仕事をこなしている。

「三分十六秒、遅刻」

先生はコーヒーを飲みながら、そんなことを言っている。私たちは先生に平謝りし、デスクに戻った。そういえば……先程、澤野さんが渡したランチバッグが先生のデスク周りに見当たらない。私のデスクにも置いてないみたいだ。キョロキョロとしていると、真正面に座っている湯河原君が声をかけてきた。

「お弁当箱なら給湯室にありますよ。さっき、先生が洗ってたみたいです」

「そうなんだ、ありがとう」

先生に聞こえているかもしれないが、私たちは小声で話した。

十五時過ぎに周君を小学校周辺まで迎えに行き、事務所に戻る。周君は仕事をしているママを見ながら宿題を始め、十七時になったら二人で帰って行った。

「周君て、可愛いしお利口さんですよね」

「そうだな。頭の良さは母親譲りだろうな」

「いや、そういうお利口さんではなくて……」

頭の良さもあるけれど、私は挨拶がきちんとできたり、ママを待っている間に宿題や読書をしていたので偉いという意味を込めたのだけれど。先生とは解釈が違ったようだ。

「弁当、全部食べて洗っておいた」

ランチバッグを差し出す先生。勝手に食べておいて、何故こんなにも偉そうなのだろうか。私は先生のデスクまで取りに行き、受け取る。給湯室の洗いカゴにあると言われていたが、すっかり取りに行くのを忘れていた。美味しかったとも、ごちそうさまとも言わない先生は失礼極まりない。

「再来週の水曜日の予定はどうなってる？」

「午後からは特に何もないです」

「午後か。ギリギリだが仕方ないな……。急な予定が入ったので、午後から早退したい」

「分かりました」

先生は私にランチバッグを渡したあと、突然として仕事の予定を聞いてきた。先生が早退するなんて初めてで、よほど大切な用事があると思われる。詳しくは聞かないけれど、気になってしまう自分もいて必死に知りたい気持ちを抑えた。

定時になり、まっすぐ自宅に帰ってランチバッグの中身を取り出す。すると、お弁当箱の中にメモ用紙が一枚入っていた。

『ごちそうさま。美味しかった。今度はサンドイッチか、和風の弁当が食べてみたい』

先生の直筆で書いてあって、急に胸が熱くなる。追いかけてきてくれた日から以前のような関わりがなく、次の日からはお互いに上司と部下として接していた。明日、サンドイッチを作っていこうかな。澤野さんからの話も照らし合わせて、もしかしたらまだ諦めなくても良いかもしれないと思い始めた。

とりあえず、サンドイッチに使う食パンかソフトバケットが売り切れないうちにパン屋さんに行かなくては。夕方なのでもう品切れかもしれないと思いつつも、再び自宅を飛び出す。

「野上？」

「お疲れ様です」

パン屋さんに行くには事務所の前を通る。先生がちょうど施錠するところだった。

「そんなに急いでどこに行くんだ？」

私の姿を見かけた先生は声をかけてきて、平然とした態度で尋ねてきた。

「パン屋さんです」

「ふぅん、仕方ないから一緒に行く」

仕方ないの意味が分からないが、急ぎ足の私の後ろを先生が着いてくる。もう少しでパン屋さんに着きそうな時、渡辺さんが反対側から歩いてくるのが見えた。

「あら、二人でお出かけ？」

売り切れないように急いでいるのに、話が長そうな人物に出会ってしまった。

「お出かけじゃないですけど、パン屋さんに行くんです」

「そうなのね。今日は手を繋がないのね？　遠慮しなくても、二人はみんな公認だから仲良くして良いのよ」

渡辺さんは私たちを見てニヤニヤしている。私たちは何も言えずに黙っていた。先生の顔をふと見上げると頬が赤く染まっている。

「先生、照れちゃって可愛いんだから！　こっちが恥ずかしくなっちゃうわね。じゃ、また事務所に差し入れ持って行くからね。今日のところはさようなら」

相変わらず、自分の言いたいことだけを全面的に押し出してくる渡辺さん。唖然としていた私だったが、先生は歩いて先に進んでいた。

「先生、待って！」

先生の早歩きには歩いていては追いつけず、小走りをする。

「渡辺さん、こないだの見ていたのか？」

追いつくと私の顔を見て先生が尋ねた。

「さぁ、いなかったと思いますが。近所の誰かが見ていて言いふらしたのかも」

「あぁ。住宅街がある通りに事務所を作るんじゃなかった」

私も思ったことをそのまま口に出すと、先生は頬を赤らめたまま、そんなことを呟いた。

そのあとパン屋さんに着いたものの、ほとんどが売り切れでサンドイッチにできるようなパンは一つもなかった。

「先生、サンドイッチはまた今度作りますね」

「……？　サンドイッチ用のパンを買いに来たのか？」

帰り際、残念そうに伝える。先生は驚いた表情をしながらも答えてくれた。

「実はそうなんです。先生がサンドイッチ食べたいってお手紙くれたから」

ボソボソと小さな声で言うと先生の耳に入ったらしく、不意に顔を近づけて耳元で囁いた。

「今度、作りに来て。そうだな、二十三日が良い」

耳元が先生の吐息と声に侵食され、次第に顔が赤くなっていく。

「不意打ち、やめてください！　しかも、お家には果凛さんもいるでしょ？」

「その心配はしなくて良い。何なら、二十二日の金曜日から泊まりに来るか？　それならそれで、準備はしておくから覚悟を決めて来い」

「な、何の準備なんですか？」

「まぁ……色々と」

先生にはぐらかされたが、クリスマスイブを一緒に過ごすための準備ということだろうか？　先生はニヤッと不敵な笑みを浮かべた。

私は事務所の前で先生と別れ、明日のお弁当の心配よりもクリスマスイブのことが気になり始めて、そわそわしてしまう。

先生は私を受け入れようとしているからこそ、誘ってくれているんだよね？　そう自分に言い聞かせ、最高の思い出になるように準備を始めようと思った。

第七章　過保護で甘いプロポーズ

十二月二十二日、金曜日。両親と夕飯を食べ終えた私の元に、先生が車に乗って現れた。連絡もなしに現れ、私は呆気に取られている。両親に至っては動揺しているものの、喜んでいた。

「瀬山先生が来てくださるなんて！　いつも杏沙子がお世話になっております」

「不束者《ふつつかもの》の娘ですが、今後ともよろしくお願い致します。狭苦しい家ですが、どうぞ上がってください」

私の両親は、自宅の玄関先で先生に挨拶をしている。挨拶をお互いにしたあと、この辺りで名高い老舗和菓子店の菓子折を手渡した先生は、和室に上がり両親と何やら話していた。

「杏沙子、先生来てくださってるわよ」

玄関先には向かわず、陰から聞き耳を立てていると、玄関にいる母から呼ばれる。ラフな部屋着を着ている私は着替える暇もなく、和室に連れて行かれて先生に挨拶をさせられた。挨拶だけを済ませると和室から追い出される。

「杏沙子、今日から泊まりがけで出かけることを何故黙っていたの！　これ以上、先生をお待たせさせないように早く支度してきなさい！」

「え？　今から？」

「先生、約束してたからお迎えに来たって言ってたわよ。もう子供じゃないんだから外泊しても何も咎めないから、事前にお知らせだけしといてね」

母は私の部屋に着いてきて、自分の言いたいことだけを伝えて出て行った。

以前、先生から金曜日の夜からと言われたが本気にしてなかった。明日なのかなと思い、お泊まりセットも中途半端にしか用意してない。しかも、事務所で顔を合わせてたのに何も言わなかったし、メッセージもきてなかった。ふと気になってスマホを確認すると、どうやら……飛行機の搭乗モードになっており、電波が繋がらなくなっている。急いで元に戻すと、何件ものメッセージが来ていた。

『明日の朝に迎えに行くはずだったが、やはり今日にしたい』

『迎えは夜八時頃では？』

『ご両親にもご挨拶させてください』

『とりあえず、返事ください』

　仕事から帰宅してからずっとスマホは見てなくて、繋がらないことに気づかなかった。先生からのメッセージが届いていたことに、申し訳なさでいっぱいになる。私は持っていこうと思っていた荷物を全てキャリーケースに詰め込み、着替えてから和室へと向かった。

「お待たせしました、遅くなってごめんなさい」

　私はキャリーケースを手に持ち、先生と両親の待つ和室に顔を出す。

「いえ、構いませんよ。……では、私はこれで失礼させていただきます。遅い時間に押しかけて申し訳ありませんでした。日曜日まで、大切な娘さんを預からせていただくことに感謝しております」

　先生は畳に手を添えて、深々とお辞儀をする。両親達も慌てながらも、丁重にお礼を言った。

　自宅を出たあと、先生の車に乗せてもらい移動する。コートを着ても肌寒いままで、車内もひんやりとしていた。

「急に来て悪かったな。メッセージも既読にならず、どうしようかと思ったが、購入した手土産も無駄になってしまうのもあり、迎えに行くことにした」

「ごめんなさい、実はいつの間にか電波が繋がらなくなってて……」

　私はメッセージを見られなかった経緯を説明する。

「そうか、避けられてないなら良かった」

先生は不機嫌にならず、優しい声のトーンで返してきた。見上げた横顔が、ふと笑った気もする。

「先生、今日はどこに行くんですか？」

「一緒に来てほしい場所がある」

そう言われて連れて来られたのは、見たことのあるマンション。高層タワーマンションではないが、近隣では一際目立っている建物。受付のコンシェルジュはいないものの、カードキーを使用していてセキュリティも万全なようだ。何も言わずに着いて行くと、先生はとある一室の鍵を開ける。

「どうぞ、入って」

「え？　あ、はい。お邪魔します……」

明かりが灯されて室内に案内される。

「殺風景な部屋だろ。とりあえず借りただけだから、必要以外な物は揃えてない」

キッチンに併設されたリビングには、ダイニングテーブルと椅子しかない。

「ここ、先生の自宅なんですか？」

話が見えてこなくて尋ねた。

「そう。前まで住んでた場所は元々は俺の自宅だったが、妹が転がり込んで来た。開業したばかりで諸々の資金心配もあったので、妹と折半で住んでいたけれど……お互いが不便に感じたのもあって引っ越した」

「いつの間にお引っ越しされたんですか？」

「午後から帰った日。その前から不動産屋にはすぐに入れる物件がないか相談してて、条件の良い場所が見つかったのでここに決めた」

だから、妹の果凜さんと同居していたのか。それなら納得。

「以前よりも狭いけどな、広過ぎてもどうせ意味がないし、ちょうど良いくらいだ。これで安心して、お前と過ごせる」

先生は立ち尽くしている私を抱き上げて、テーブルに座らせた。

「え？　ちょっと……ここテーブルですけど！」

「知ってる」

いや、知ってるじゃなくて。

「ダイニングテーブルではなく、ソファーを買うべきだった。野上の手料理を食べるのに最適かと思ったんだが、ソファーじゃないといざという時に困るな」

「な、何に困るんですか？」

「キスの先ができないだろ？」

私が上目遣いで先生を見上げると、そう言って唇を重ねてきた。触れるだけのキスを皮切りに何度も唇を重ねてくる先生。ようやく唇が離されたと思えば、フローリングの上に降ろされた。先生もフローリングの上に直接座り、私の手を引いて膝の上に乗せる。

「暖房が効いてきたから、寒くないと良いけど」

「大丈夫、寒くないです」

先生に背中を向けて、ちょこんと膝の上に乗せられているが、ドキドキしていて心臓が張り裂けそう。

「ずっと言えなかったことがある」

私がドキドキしていることなどお構いなしに、先生は話を進めていく。

「その前に野上に謝りたい。うやむやな態度をして傷つけて悪かった。本当はずっと前……出会った時から惹かれ始めていたのに気づかないふりをして、気持ちをセーブしていた。ごめん」

私の耳に先生の弱々しい声が入ってくる。先生の気持ちが私の心にすんなりと入ってきて、染み渡っていく。先生がずっと前から私のことが好きだと言ってくれた。嬉しくて泣きそう。

「自分から諦めろと言ったのに、野上が離れて行きそうになると怖くて堪《たま》らなくなった」

後ろからギュッと抱きしめてきて、先生は私の方に額をつけて項垂《うなだ》れている。髪が首にかかって、くすぐったい。

「あの、私も……先生に対して嫌な態度を取ってごめんなさい。知ってると思いますけど、先生のことが好きなんです……よ」

緊張して張り裂けそうな胸を抑えながら、気持ちを吐き出す。先生が素直に話してくれたのだから、私も心の内をさらけ出した。

「うん、知ってる。でも、俺の方が野上のことが好きだから」

「そこ、張り合うところなんですか？」

先生は顔を上げて、私と目線を合わせる。

「膨れっ面の野上も、笑ってる野上も、全部好き。あと……酔ってる野上は特別可愛かった」

思い出し笑いをしているのか、肩を震わせている先生。

「もうお酒は飲みません！」

「酒を飲むのは、俺の前だけにしといて。野上は何をするか分からないから」

まだ笑っている。酔っ払いの私が先生に何かしたのだろうけれど、知ることはできない。いや、無理に知るよりも知らない方が精神的にも良いのかもしれない。

「さて、そろそろ話すことにする。野上に向き合えなかったのは、単刀直入に言うと元婚約者が事件に巻き込まれたからだ」

「……はい」

先生は遠回しにせず、そのままの形で伝えてくる。

「妙に冷静だな？」

「何となくですが、知ってましたから……」

先生が話してくれるなら、私はそれを受け入れるのみ。トラウマに思っているなら解消してあげたい。

「……澤野か。全くおしゃべりな奴だな」

先生の過去を知っている人で私のことを知っているのは、澤野さんか果凛さんの二人。なのですぐに気づかれてしまった。

「ふふっ、澤野さんは私の気持ちにも気づいてました。だから、少しだけ教えてくれたんです」

「野上は分かりやすいからな。それはともかく、果凛が勤めている『クレピス法律事務所』は俺たちの両親が立ち上げた事務所だ。そこで自分も働いていて、元婚約者というのは顧問弁護士を担当していた企業の娘で、父親が勝手に縁談を勧めていた」

……というと、先生が望んでいた婚約ではなく、政略結婚のようなものだろうか？

「その女性は野上みたいに可愛いタイプだった。明るく気遣いもできて、会う度に惹かれていくのが自分でも分かった。逢瀬を重ねていたのだが、俺が担当をした裁判で恨みを持った者が元婚約者の存在を知り、歩道橋から突き落としたんだ」

「え……？」

事件に巻き込まれたとは聞いたけれど、そんな悲しい話だったなんて……

「それで、婚約は破談。その企業との顧問弁護士契約も終了した」

「でも、先生は悪くないじゃないですか！　なのに、何で……！」

先生は責務を全うしただけで、悪いのは突き落とした犯人じゃないか。婚約者に怪我を負わされ、それだけでも苦痛を味わっているのに、更なる仕打ちを受けるなんて酷すぎる。

「親心、ってヤツじゃないか？　犯人も勿論憎いけど、娘をそんな風にされて、やり場のない怒りが俺のとこにきただけだよ」

「そんなのって、あんまりです」

そう言うと、先生は私の頭を撫でながら、コツンと倒して自分の胸板に収まるようにした。

「それで、何もかも嫌になってクレピスを退社して事務所を立ち上げた。そのおかげで野上にも会えたんだよ」

「そうですけど、私は納得がいきません。その後、元婚約者の方の体調はどうなったんですか？」

先生に出会えたことに感謝している。しかし、先生自身も被害者だということを関わった人たちには忘れてほしくない。

「あぁ、打ち所が良かったおかげで早めに元気になって、違う人と結婚して幸せに暮らしているらしい」

「そうですか、それなら良かったです」

元婚約者の方が重症や死亡していたら、先生は立ち直れないくらいに落ち込んでいたかもしれない。悲しい過去だけれど、元気で幸せなら一安心。

「クレピスにいる時は、請け負った弁護は勝訴だけが全てで、どれだけの賠償金が勝ち取れるか、注目されている弁護かどうかをいつしか企業内で競うようになっていた」

「すごい！　大手ならではですね」

「そうだな。仕事が過酷な上にストレスも感じていたから、今みたいに緩いくらいでちょうど良い」

事務所を立ち上げた時には、その緩さがつまらなくて愚痴を吐いていた先生。今では、地域に寄り添う法律事務所として定着しつつある。

「忙しすぎると野上をかまって遊べなくなるからな」

「んっ、くすぐったいです！」

先生は私の首筋に、チュッとリップ音を鳴らしながら何度もキスをしてくる。

「野上も元婚約者みたいに事件に巻き込まれたらと思うと怖くて……手に入れたくても、手に入れられないんだ」

先生は私を抱きしめたまま、不安そうに呟く。

「今も、こうしてるのに？」

「そう、こうしているのにだ。野上の自宅付近にマンションを借りれば、行き来も近くなるし、不安が解消されると思ったのだが……されない」

気持ちも分からなくもない。しかし、私が事件に巻き込まれる可能性はゼロではないが、現時点では起きてないことに不安を抱くよりも、私は先生と幸せな未来を築きたい。

「私はいなくなりませんよ、自転車で派手に転んでも骨折もしてないですから！　仮に事件に巻き込まれたとしたら、先生に責任取ってもらいます」

「責任？」

「はい、軽傷ならお嫁にもらってください。重症の時は結婚して、とは言いませんので良い病院を探してください」

「極端だな」

先生は肩を震わせて笑っている。私の話を聞いて、先生の心中が穏やかになりますように。

「私は……先生が不安になるなら、常に側にいますし、離れていても呼べばすぐに飛んできます。だから、私を頼ってください」

胸いっぱいの気持ちを伝える。

「分かった。事件に巻き込まれたりしないようにするから過保護で窮屈だろうけど、それを覚悟した上で俺の嫁に来い」

「え？　お嫁さん？」

彼女を通り越して、お嫁さんになれと言われて混乱してしまう。

「嫌か？」

「嫌じゃないです。でも、先生は私をお嫁さんにする覚悟はありますか？　まだ、付き合ってもないのに……」

「俺は野上が良いんだ。……野上しか欲しくない」

先生は先程と同様に首筋にキスを落とし、私のトップスの中に手を偲ばせてくる。

「せ、んせ……、まだお風呂に入ってないから。入りたい……！」

「いいよ、あとから入れば」

そんなことを言いながら、ブラジャーの中にも指を伸ばしていく先生。

「ダメっ、先に入りたい！」

先生を振り切り立ち上がった。

「じゃあ一緒に入ろう」

先生はそう言って、給湯器を操作して浴槽にお湯を張る。

「一緒になんて無理です！」

「何で？　酔ってる野上とは一緒に入ったのに」

「とにかく、恥ずかしいから無理です」

酔っ払いの私が、先生と一緒にお風呂に入っていたのには驚いた。私は酔うと大胆になってしまうのだろうか？　全く身に覚えがなくて動揺してしまう。

「そういえば、先生は夕飯を食べたんですか？」

「あぁ、すっかり忘れてた」

浴槽にお湯が溜まるまでの間に、先生の夕飯を作りたいと思い立つ。

「冷蔵庫の中、見てもいいですか？」

「どうぞ。大した食材は何もないけど……」

冷蔵庫の中を見ると鳥の胸肉と豆腐ときゅうりと……。とりあえず使えそうな食材を取り出した。

「本当に何もないだろ？」

食材を前にして、何にしようかな？　とメニューを考える私の横に先生が来てそう言う。

「夜はいつも、たんぱく質と野菜しか摂らないんですか？」

「前にも言ったけど、夜は酒も飲むし、炭水化物を抜いてる」

「そんなにたんぱく質ばっかり摂って、身体を鍛えてるんですか？」

先生は痩せ型の筋肉質な体型なのかも。

「そうだな。身近な人間が暴力で捩《ね》じ伏せられせうな時に助けられるように、鍛えてるつもりだ。こちらから手出しはできないが、抑えることくらいはできるようにしたいから」

これは先程の元婚約者の方の話と繋がっているのかもしれない。先生は腹筋やスクワットなど、筋力トレーニングを毎日しているらしい。

「でも、体力つけるにはきちんとご飯も食べなきゃダメですよ！　せめて、朝と昼はしっかり食べてくださいね」

先生は朝と昼、どちらか一食の時もある。コーヒーだけで済ませてしまうのはよくない。

「そうだな、これからは野上を相手にしなきゃいけないから体力はつけた方が良いな」

「そうですよ！　私、お休みの日に先生といっぱいお出かけしたいから」

「そっち？」

私は思ったことを口にしただけなのに、先生は不満そうに聞き返してくる。

「え？　そっちって？」

思わず、先生の方を向いて見上げてしまう。

「俺は野上が泊まりに来た時は毎回、抱きたいんだ。だから、そのつもりで言ったのだが……」

先生と目が合い、恥ずかしくて目を逸らす。次第に顔が火照り始める。

先生の私への気持ちが聞けたので、今日は確実に最後までするのと思うのだけれど……。しかも、毎回って！　面と向かって言われたら、そわそわしてしまう。

「……！　そんなことを言ってないで、先にお風呂に入って来てください！」

タイミングよく、お湯が溜まったチャイムが給湯器から流れて、先生を浴室へと追い出した。

私は火照りのある顔を必死にクールダウンしようと、料理を開始する。初めに、胸肉はサラダチキンにしようと思いつく。簡単にできて柔らかいレシピを検索し、早速取りかかる。先生が上がるまでにある程度は仕上がるといいけれど……

「作ってくれたんだ？」

先生はバスタオルで髪を拭きながら、浴室から出てきた。

「はい。ありきたりかもしれないですが、チキンと豆腐のサラダです。梅干しがあったので、ペースト状にしてドレッシングにしてみました」

レタスもあったので下に敷き、上にサラダチキンと角切りにした豆腐、その上からみじん切りにしたきゅうりとトマトを載せた。梅干しドレッシングを気に入ってもらえると良いのだけど……

「サラダチキンはまだあるので、明日の朝にパンを買いに行ってサンドイッチにしましょう」

先生は何も言わずに手づかみで、サラダチキンを取って口に入れた。

「うまい。ありがとう、明日のサンドイッチも楽しみにしてる」

「良かった。じゃあ、私はお風呂をお借りします」

気に入ってもらえて喜ばしい。先生の顔がサンドイッチを食べてる時みたいにご満悦だ。

「お前は食べないのか？」

「はい、夕飯は食べてきたので」

先生のルームウェア姿を初めて見る。トレーニングするからジャージなのかも。いつもスーツ姿ばかりだから、新鮮に感じる。前髪をおろした先生も好き……

先生がお風呂から上がった後、遠慮しつつも入らせてもらった。急なお泊まりだったので、身だしなみも確認したいし、上がってからのスキンケアもきちんとしておきたい。

お風呂上がりに顔にスキンケアを塗ったあとにスッピンでも大丈夫なように、素肌が綺麗に見えるようになるパウダーもつける。これで準備万端。ドキドキしつつ、先生の元へと向かう。

念のために持ってきた、手触りの良いパステルカラーのモコモコなルームウェアに身を包んでいる私をじっと見つめてくる先生。

「可愛いな。常にこんな感じで寝てるのか？」

可愛いと面と向かって言われた私は、照れてしまってただ頷《うなず》いた。

「手作りの夕飯、美味しかった。梅のドレッシングが美味しかったから、また作ってほしい。それから、自分で適当に作るサラダチキンよりも、柔らかくて美味しかった。ごちそうさま」

先生は私がいない間に食べ終わっていたようで、食器も綺麗に片付けてあった。

「良かったです。これからは……先生のお弁当や夕飯も作りに来ても良いですか？」

勇気を出して、今後の相談を持ちかける。先生と一緒に過ごす時間も、栄養面もどちらも大切にしたい。

「もちろん。毎日来ても構わないし、ここから仕事に出勤しても良い」

「ありがとうございます。取り消しはなしですよ！」

「分かってるよ」

私が笑って言うと、椅子に座っていた先生が立ち上がり紙袋を手渡した。

「座って開けてみて」

そう言われた私は素直に座って、紙袋を開く。

「あっ、和菓子屋さんのあんみつ。いちごが入ってる！」

紙袋の中身を取り出すと、いちごが上に乗っているあんみつだった。あんみつはずっしりと重く、生クリームも乗せてある。

「野上の実家には和菓子の詰め合わせだけど、これは野上の分」

「ありがとうございます！　美味しそう！」

夕飯を沢山食べてきてお腹がいっぱいのはずなのに、スイーツは別腹というのは本当である。いくらでも食べられそうな気がする。

「コーヒー淹れるから、先に食べてて」

「私が淹れます」

「いいから、座ってろ」

私が立ち上がろうとすると先生は、ふっと笑って立ち上がりコーヒーを淹れてくれた。

「飲み物がコーヒーか、酒か水しかなくて……」

「ううん、いいんです。コーヒーいただきます」

先生が淹れてくれたコーヒーはブラックで、事務所で飲んでいるものよりもほろ苦い。けれど、餡蜜が甘いからちょうど良い。

「中に入ってる寒天も美味しいし、餡も甘すぎずに美味しいです」

抹茶の寒天は苦味があるが、餡と生クリームの甘さで緩和される。バランスがよくてとても美味しい。

「先生もコーヒーですか？　お酒は飲まないんですか？」

「あぁ、今日は飲まなくても良い」

ふと思い出したことがある。『先生が強いお酒を飲んでいるのには訳がある』と澤野さんが言っていたこと。

「何で飲まないのか？　って顔をしてるな」

私はしんみりとしながら、先生の顔を眺めてしまっていた。

「野上が側にいると安心するから、酒の力で眠らなくてもいいからだよ」

不意打ちで笑いかけてくる先生にドキッとする。

「ついでに言っとくと、今日は野上には酒は与えない。記憶が飛んじゃうみたいだからな。さっき話したことを忘れられても困る」

「まだ根に持ってるんですね。今日のことは絶対に忘れないし、先生もなかったことにするとか、しないでくださいね。なかったことにするなら訴え……」

意地悪を言われてプンプンと怒り気味で膨れっ面だった私。ふと先生を見ると真剣な眼差しを私に向けていることに気づく。

「しない。……絶対になかったことなんかにしない」

先生は呆然としている私に手を伸ばす。

「クリームついてる」

私が二の句を継げないで固まっていると、そう言って口についていたクリームを指で絡め取って舐めた。そんな仕草を間近で見ていた私の鼓動は速くなるばかりで、落ち着かない。

そのあとの談話はなくて、私は黙々とあんみつを食べていた。先生が目の前にいるせいか、美味しいのに次第に味が分からなくなってしまう。先生はメッセージの受診音が響き渡るスマホを見ていたので、私のことは視界に入ってはいないかもしれないが緊張してしまった。

「食べ終わった？」

「ごちそうさまでした。とても美味しかったです。カップを洗ったら歯磨きしてきます」

先生から逃れようとしたわけではないが、ドキドキが止まらなくて歯磨きをしながら気持ちを落ち着かせようとした。でも、歯磨きが終わったらこのあとは……

「水族館に行くから何時に出る？」

先生も寝る前の身支度を終え、ミネラルウォーターを飲んでいた。

「そうですね、九時前には出たいですよね」

明日の朝はパン屋さんに行きたいので、七時には起きようと思っている。そのあとにサンドイッチを作り、片付けをして……九時に間に合うかな？

「分かった。九時には出発出来るようにしよう」

私は立ちながら先生を待っていると、ヒョイッと軽々しく持ち上げられる。

「せ、先生……！」

「寝室はこっちだから」

先生は私を抱えたまま、寝室の扉を開ける。次第に胸が高鳴っていき、落ち着かない。

「こっちも以前と変わらず、何もないんだけど……」

ゆっくりと私をベッドに降ろした。

「コレは用意してある。こないだまでは抱かないって決めてたから用意してなかったが、今日は必要不可欠だから」

先生は新しい避妊具の箱のフィルムを剥がし始める。フィルムが剥がされた箱はベットサイドに置かれた。まだ何もされていないし、されてもいないのに先生の顔つきや行動が艶っぽくて、私は視線を逸らしてしまう。

「しても、いいか？」

先生もベッドに座り、ギシッとスプリングが跳ねる音がする。私はゆっくりと頷《うなず》くと、先生の唇が近づいてきた。胸の高鳴りは最高潮に達して、心臓が張り裂けそう。

「緊張してる？　大丈夫、俺も同じだから」

いざ、先生と身体を重ねると思うと緊張してしまって固まってしまった。先生はガチガチに緊張している私の気を解《ほぐ》すかのように、自身の心臓に私の手を触れさせる。先生の心臓も鼓動が早くて、同じ気持ちなんだと思うと嬉しくなった。

「明日はホテルを予約するはずだったんだが、引っ越しの手続きなどをしてるうちにお目当ての場所は予約で埋まってしまって……。明日も自宅になってしまうけど」

先生は額や頬にキスを繰り返しながら、合間に話をしていく。

「私は先生と二人きりで過ごせるなら、どこでも構いません。それに私といるためにこの部屋を借りてくれたんですよね？　本当に嬉しくて、それだけで充分です」

私は、ふふっと微笑む。

「野上なら、そう言ってくれると思った。今度、改めて温泉にでも旅行に行こう」

先生は私のルームウェアのボタンを外しながら、温泉の提案をしてくる。

「温泉？」

「泊まりがけで。できれば、離れの宿みたいな場所が良いな。ずっと二人きりだ」

先生と温泉、か。先生が気持ちを打ち明けてくれてから、想像もできないスピードで関係性が変化していく。辛くて泣いた日もあったけれど、まるで嘘だったかのようだ。

「杏沙子……」

私をゆっくりと押し倒し、先生はジャージを脱ぎ出して上半身が裸になった。六筋が割れていて、細身なのに筋肉質な体型。俗に言う細マッチョ体型の先生に加えて、サラサラな前髪を下ろしていて違う人みたい。真っすぐに見下ろされ、ゆっくりと唇が重ねられた。

「好きだ」

「好きです……伊織さんが、好き……！」

魔法の言葉を唱えられ、それに応えて私も先生に想いを伝える。

「んっ……」

先生は首元にキスをし、鎖骨の下辺りを吸ってきた。痛くはないけれど、何だか変な感じがする。

ブラジャーが外されて、乳房が露《あら》わになった。くにゅくにゅと指先で突起を弄《いじ》られると甘い嬌声が漏れてしまう。

「硬くなってきた。杏沙子は敏感だから、すぐに反応するんだな」

「ふぁっ……」

先生は反対側の乳房に触れ、突起に舌を這《は》わせる。乳房にもキスをしながら、何箇所か吸い上げていく。そのうちに舌先で突起を舐められ、下半身も反応してしまう。まだ秘部を弄《いじ》られたわけではないのに、どうしてこんなにも反応してしまうのだろう？

「杏沙子は本当に可愛いな。もう誰にも渡さないから」

気持ちが通じ合った先生はとても甘くて、私は身も心も蕩《とろ》けてしまいそうだった。何度も何度も、繰り返し名前を呼んでくれる。

「もっと可愛い顔を見たい」

そう言った先生は、私が着ているルームウェアの下を脱がし、更にショーツも脱がせた。

「あっ、ヤダッ！　開いて見ないで……！」

両足を開かされ、秘部が露《あら》わになる。先生は間に顔を埋《うず》め、指先で花芽を優しく擦《こす》った。

「んぁっ、あっ」

「まだ指は入れてないのに、こっちは湿ってきてる。気持ち良くしてあげるから、身を任せて」

「ダメっ、ヤダッ！」

先生は花芽を舌先で刺激してくる。

「嫌じゃないはずだ。こないだはちゃんとイケたんだから、今日も大丈夫。何も考えずにされるがままでいろ……」

先生の頭を押し避けようとしても、ビクともしない。

こないだって何？　酔っていた日は、先生にこんなことをしてもらっていたの？　今日は正気だから、恥ずかしくてどうにかなってしまいそう……。

「あっ、あん！　せん、せ……、もっ、いやぁ」

「先生じゃないだろ？　それにこれだけじゃ物足りないだろ？」

花芽を尖らせた舌先で何度も舐められおかしくなりそうなのに、蜜壷に指を入れられる。蜜壷は、先生のスラリとした長い二本の指を簡単に呑み込んでいく。

私は頭の中が真っ白になりそうだった。花芽を舌先で刺激しつつ、蜜壷にも出し入れされ、恥ずかしいのに気持ちがよくて……おかしくなりそう。

「あっ……ん！　い、おり……さん、りょうほ、う……イヤ！」

先生は舌先で花芽を舐めるのをやめ、ズルッ……と一気に指を引き抜いた。

「……え？」

「イヤ、なんだろ？　じゃあ、やめるか？」

あと僅かで快楽が弾けそうだった時にやめられて、私の秘部からは物欲しげに愛液が溢れ出ていた。先生は意地悪そうにニヤッと笑い、私を見ている。

「本当は……イヤじゃない、です」

私は先生から視線を外して、小さな声で訴える。

「……素直に言えたからご褒美だ」

先生は私の唇をキスで塞いで、指を撹拌したり、何度も出し入れしてくる。奥までつつかれたり、引き抜かれたりのリズムを繰り返され、蜜壷が痙攣《けいれん》し始めた。

先生の背中にしがみつくと、指を動かす速度を上げてくる。

「んぅ、んー」

キスで遮られて、息ができない。甘い声も封じ込められるような荒々しいキスが苦しいけれど、快楽の波は待ってはくれない。

「はぁ、ぁっ……」

「前よりも、イクのが早かったな」

指を引き抜かれた今も、呼吸が整わない。

「伊織さんの……意地悪」

先生に触れられると、こんなにも気持ちがよくなるのは何故だろう？　自分じゃないみたいに淫らになって、先生が欲しいと思ってしまう。はしたないけれど、先生と早く繋がりたい気持ちでいっぱいになる。

「そろそろ、杏沙子の中に挿《い》れたい」

先生は起き出して、避妊具の箱から一つ取り出した。いつもは遠回しに言ったりするのに、時として直球を投げつけてくる。直球だと、そのまま私の心に響いて、ドキドキが止まらない。

「ちょっと待ってて」

「あの……」

「何？」

「私、つけてみたいです」

横たわったまま、先生の背中に向かって話しかけるが返答はなく、少ししてからそう返ってきた。

「お前さぁ、前の男にもそんなことしてたから言ってるの？」

「ち、違います！　したことないから……してみたいな、って思って……」

つけ終わったのか、先生は私の上に跨る。

先生は真上から私を見下ろしてきた。私は視線が合わないように顔を背ける。

「それに……私ばっかり、伊織さんにジロジロ見られて恥ずかしいです……」

「それが俺の特権なんだから、仕方ないだろう。杏沙子は与えられた快感に酔いしれていれば良い」

私は先生にはぐらかされて、結局、先生自身を見ることも触ることもなかった。

「杏沙子と一つになれるなんて、夢のようだ」

先生が私の秘部に先生自身をあてがい、推し進めていく。

「……っ、杏沙子の中はキツいな……。痛くないか？」

「だい、じょぶ……」

痛くはないのだが、蜜壷の中が押し広げられて圧迫感がある。少しずつ挿《い》れられていく先生自身を私の蜜壷が締めつけていく。

「全部入ったけど、動かして平気か？」

先生は私の頭を撫でながら、確認してくる。

「……平気です」

私がそう答えると、先生はゆっくりと腰を動かしてきた。

「あっ、んんっ……」

ゆっくりと奥まで突かれて、引き抜かれる。その度に愛液の滴《したた》る音が卑猥に響いていく。

「杏沙子の中、とろとろで温かい」

「あぁっ、んっ、あふっ……」

初めはゆっくりと腰を動かしていた先生だったが、私が痛そうにしてないと確信すると少し速度を上げた。

「ひゃぁ……！」

先生は腰を動かしつつ、乳房も弄《いじ》り始める。揉みしだきながら、突起を指の腹で擦《こす》った。私は声にならない声を上げてしまう。

「杏沙子はココを弄《いじ》られるのが好きだよな」

硬くなっている突起を指で軽く、ピンッと弾かれた。

「あっ、ちがっ……」

「違わない。一緒にしてあげるから」

「んんっ、あっ、あぁっ」

先生は突起を舐めながら、腰を動かしてきた。硬くなった突起を舌先で転がすように舐めたり、指先で弄《いじ》られたり――

「気持ち良い？」

「……はい」

私は無意識のうちに溢れ出てしまう甘い声を抑えようとして、顔を手で覆う。

「わた、し……伊織さんだからか、すごく気持ち良くて……おかしくなりそう……」

相性が良いのか、舌と指だけではなく、先生自身でもきちんと感じている。元彼とは痛いだけだったのに、不思議。先生が私を丁寧に愛撫してくれるのもあるだろうけれど、それ以前に好きが溢れているからかもしれない。想いが通じ合ったら、より一層、伊織さんを感じられて気持ち良い気がする。

「伊織さんは……どうですか？」

「心配しなくても、ちゃんと気持ちいいよ。ずっとこうしていたいくらいだ」

「あ、ん……！　奥、ダメぇ」

先生は私の片脚を持ち上げて急に奥まで突いてくる。

「杏沙子の中、キツいし……吸いついてくる」

「そこ、ばっかり……やぁっ」

「杏沙子の嫌は好きってことだよな」

「あっ、あぁっ、ちがっ」

同じところばかりを責め立てられ、私は枕のすそを必死で掴む。気持ちが良くて限界が近い。指で弄《いじ》られた時のように、頭が真っ白になって身体の力がふっと抜けた。

「はぁっ……はぁっ……」

「杏沙子？」

蜜壷が痙攣《けいれん》を起こして、先生自身を飲み込んだままでヒクヒクしている。

「ごめ、ん、なさい……、私……」

「謝る必要はない。俺自身のモノでそんなに感じてくれたとか……むしろ、嬉しい」

先生はそう言ってくれているけれど、二回も絶頂に達したなんて、自分では、はしたなく思ってしまう。そう思ったのも束の間、達して間もない蜜壷の中から先生自身が引き抜かれたかと思えばズプッと奥深くまで埋《うず》められる。

「俺も杏沙子の中で果てたい」

「んぁっ、あっ」

先程、達したばかりの蜜壷だが、再び先生自身を咥えこんでいく。先生のモノがより一層硬くなり、掻き回されると甘い声が止まらない。両脚を開かれて抑え込むように、腰を打ちつけられる。

蜜壷に先生自身が出入りする度に、ぐぢゅっぐぢゅっという卑猥な音が耳を侵食していく。

ベッドのスプリングが軋む音、吐息と甘い声、卑猥な水音しか聞こえない部屋の中。幾度となく与えられる快感に何度も意識を手放しそうになった。そんな中、ふと先生を見ると、辛そうな表情をしている。

「……っ、杏沙子、愛してる」

「私も……伊織さんが大好き」

先生も限界が近いのか、私の唇を奪い、再奥まで届くようにと腰を打ちつけてくる。私は先生の上腕をギュッと握り、快楽に身を任せた。

「んんっ、んー！」

舌を絡めるキスをしながら、三度目の絶頂を迎えてしまった。先生も同時に達したらしく、蜜壷がきゅうっと締めつけている中で、ドクンドクン……と脈を打っている。

「やっと杏沙子が手に入ったな」

そう言ってから、額にキスをして先生自身を私から引き抜いた。先生自身を引き抜かれた蜜壷は未だに痙攣《けいれん》している。とめどなく気持ち良くされて、私の身体は鉛のように重くて動けない。

「大丈夫か？」

先にベッドから降りて、キッチンの方に向かった先生。戻って来ると、裸のままで横たわっている私にパサッとバスタオルをかけ、ペットボトルのミネラルウォーターを手渡した。

「……はい」

「放心状態みたいだな。シャワー浴びておいで」

「……はい」

「返事しかできない程、クタクタなら仕方ないから連れてってやる」

身体がフワッと宙に浮き、浴室まで運ばれる。

「着替えは持ってくるから、シャワー浴びてて」

私はフラフラしそうな程、骨抜きにされた感じがする。仕事中は、あんなに素っ気ない先生が……ベッドの上では別人みたいに甘くて激しい。ギャップに翻弄されてしまう。

シャワーを浴びながら、自分自身の身体を見る。身体には複数の赤い蕾がつけられていて、先生との秘めごとを思い出してしまう。遂に……先生と一つになれたんだ。

私は身体を洗いながら、先生が言ってくれた愛の囁きを脳内でリピートする。

「伊織さん、ありがとうございました」

「俺もすぐ浴びてくるから、寝ないで待ってて」

シャワーを済ませて寝室に戻った私は、先生にお礼を言う。私は今にも眠りそうだったが、先生が戻ってくるのを素直に待っていた。

五分もしないうちに戻って来た先生は、ベッドに座ってスマホを見ていた私を抱きしめる。

「良かった、起きてて」

「ちゃんと起きてますよ。ふぁああ〜。でも、本当はもう眠いんです」

私は小さな欠伸《あくび》をし、手の平で隠す。

「おやすみ、今日は可愛い杏沙子がたくさん見られて幸せだった」

「わ、私も……色んな先生が見られて良かったです。おやすみなさい」

『おやすみ』と言い合ったのに、先生は私を抱きしめていて離してくれない。

「先生、寝つけないなら私がギュッとしてあげます。そして、そのまま寝ましょう？」

私の提案に目を丸くした先生だったが、抱きしめている腕を離して横になった。私も横になり、先生をそっと抱きしめる。

「苦しくないですか？」

先生は私の胸に顔を埋《うず》めている。

「苦しくはないし、胸が柔らかくてベストポジションなんだが、しっくりこない。俺が杏沙子を抱きしめても良いか？」

「先生が眠れるなら、私はどちらでも」

体勢を変えて、今度は私が先生に包まれる形になった。私の背中を覆うように、先生が抱きしめてくれている。

「こっちの方がしっくりくるな」

「ちょっ、と！　今日はもうダメだからっ！」

先生がどさくさ紛れに両手で胸を揉んでくる。

「今度こそ、おやすみ……」

「ひゃぁ」

「……変な声出すなよ。興奮して寝られなくなる」

「うっ、伊織さんの馬鹿」

首の後ろにチュッとされて、変な声が出てしまう。首への刺激が弱いことを知っていて、反応を楽しむためにわざと試してくる先生が憎らしい。

「……伊織さん？」

いつの間にか、先生は静かに寝息を立てていた。お酒の力を借りなくても、先生が眠りにつけたことが嬉しい。先生の吐息を耳に入れながら、私もそっと目を閉じた。


翌朝、ぐっすり寝てしまった私たちが起きると九時過ぎだった。

「……杏沙子？」

「おはようございます、伊織さん」

先生よりもほんの僅かだけ先に起きた私は、身支度を整えていた。先生は私の名前を呼びながら、洗面台まで来る。

「朝は七時に起きてパン屋さんに行くはずが、寝坊しちゃってすみません。準備できたらパンを買いに……」

着替えが終わり、メイクをする前だった私は、先生に顔を見られないように俯き加減で話す。昨日からずっとスッピンも見られているけれど、気恥しいのは変わらない。

「パンなら冷凍庫に食パンが入っている。それを使ってくれ」

「分かりました。冷凍だから、ホットサンドにしようかな？」

「任せる」

欠伸《あくび》をしている先生は、まだ眠り足りなそうだ。

「起きたらいなかったから、どこかに消えてしまったのかと思った。ここにいたから良かった」

先生は背後から私をふんわりと抱きしめてくる。

「勝手にいなくなりませんよ。大丈夫です」

私は先生の腕に自分の手を添えた。

先生は元婚約者の方のように、私が離れていってしまわないかと心配している。元婚約者さんは事件が原因で離れ離れになってしまったが、私は巻き込まれたりしない。何の根拠もないけれど、私と先生は出会うべきして出会った運命の人だと思うから、神様は試練なんか与えない。そう信じてみたい――

「できました！　食べましょう」

「短時間で美味しそうな物が出てきた。いただきます」

先生は時間のロスを気にしていたのか、私が一人で歩いて行くことを気にしていたのか、パン屋さんには行けずに終わった。朝食メニューは、冷凍庫にあった食パンをそのままトースターで焼いて、昨日のサラダチキンと生野菜を挟んで味を整えただけの簡単ホットサンドにふわふわな卵スープ。

「卵がふわふわで美味しい。ホットサンドもまた作ってほしい」

「簡単なので、先生も作れますよ。今度、ホームベーカリーでパンを焼きませんか？　上手に焼けるとふんわりしてて美味しいんですよ」

「分かった。一緒にやってみる」

目の前で先生が私の作った朝食を食べている。今までには考えられない光景だ。

「水族館に行ったあとはどうしますか？」

「夕飯は予約してある。それまでは空いてる」

先生は食後のコーヒーを飲みながら、しれっと言い放つ。ホテルは予約できなかったけれど、レストランは予約してくれていたのか。

「ふふっ、クリスマスデート楽しみです」

事前に予定を教えてくれなかったのは、サプライズだったのかもしれないと思うと笑みがこぼれる。

「フレンチに行こうかと思ったが、予約がどこも一杯だった。今日は普段着で行けるところだが、ドレスコードがある場所にはおいおい連れて行く」

「え？　……あ、はい。ドレスコードのあるフレンチレストランって行ったことがないし緊張しちゃうので、特別行かなくても……」

「俺自身も堅苦しいのは好きではないが、諸々の付き合いで行くこともあるかもしれないので慣れておくに越したことはない」

「そうですか……」

そうだった。先生のご両親は大手法律事務所を経営者だし、先生の仕事関係のお付き合いもあるかもしれない。しかし、その時は妻としての参加になるだろうから、今のところは縁はなさそう。

テーブルマナーや懐石料理の作法とか、色々と勉強しなきゃいけないことがありそうだ。

「伊織さん、私も勉強頑張ります」

「何の？　法律事務なら湯河原か澤野から教われば良い」

突然の宣言に驚いている先生。

「違います！　大人の女性になる勉強です」

「よく分からないが、程々にな」

クスクスと笑われた私だったが、穏やかで何気ないやり取りができることが嬉しく思った。

朝食の片付けまで済ませ、予定よりも遅くなってしまったが私たちは出かけることにした。先生が電車で出かけようと言ったので、歩いて駅まで向かう。行く途中で渡辺さんと事務所の近所に住んでいる方に遭遇して、足取りがストップしてしまった。

「デートしてるのを近所の人に見られると恥ずかしいですね」

遭遇したあとも照れくさいのが抜けず、私は本音を漏らした。

「そうか？　近い内に嫁にくるんだから、堂々としてればいい」

「また、そういうことをさらっと言うんだから！」

先生は誰と遭遇しても顔色一つ変えず、繋いだ手を離さないまま歩いている。先生の一言で追い打ちをかけられ、私の頬が赤く染まった。

「……年明けにでも、俺の実家に行くか？」

「え？」

聞き間違いかと思い、先生を見上げながら聞き直した。

「杏沙子を紹介したい」

「もう少し、こ……心の準備をさせてください！」

真剣な眼差しで私を見ながら放たれた言葉。

「これから先、付き合っていくと決めたのだから結婚しても同じだろ？」

「そうですけど……」

先生との結婚生活なんて夢のようだ。しかし、付き合い始めたばかりで、先生はそんな簡単に決めてしまって良いのだろうか？

「先生はそれで良いんですか？　後悔しない？」

「しない」

間髪空けずに即答だった。

「これから先の俺の人生には杏沙子が必要だし、杏沙子しか愛せない」

「うっ……それを何故、今のタイミングで言ったのですか！　歩いている時じゃなくて、せめて二人きりの自宅で言ったりとかしてほしかったです……！」

すれ違いさまに誰かに話を聞かれていないだろうか？　見知らぬ人だとしても、耳に入っていたらきまりが悪い。

「それもそうだな。二人きりのベッドの中で言えば良かった」

私は素直な感想を述べると、先生は少し考え込んで、そんなことを言った。

「違う、そうじゃなくて……！」

「場違いだったのは悪かった。でも、杏沙子にはもう隠しごとをしたくないから、思ったことはその場で伝えていくようにする」

「……分かりました」

先生がありのままの気持ちをさらけ出してくるから、私の心の中は乱されたままだ。先生との関係がたった一日で変化して付き合うことになり、その上、結婚してほしいと言われるだなんて……。夢みたいで信じられない。

その後、私たちは水族館を楽しみ、プラネタリウムまで立ち寄った。産まれたばかりのペンギンの赤ちゃんがもふもふで可愛く、見ているだけで癒される。プラネタリウムは大人向けの上映を選ぶとカップルで混んでいたが、いざ始まると星の世界に吸い込まれそうになった。

夕飯は先生がイタリアンレストランを予約してくれて、食事のお供に一杯だけワインをいただく。甘くて飲みやすいワインだったが、先生に二杯目はとめられたので渋々諦める。出来たてのピザやメインの地鶏のローストも美味しかったのだが、締めのジェラートが格別に美味しかった。

そういえば、一番最初にファミレスに行った日に『どうせなら、イタリアンが良かった』という一言を覚えててくれたのだろうか？　そういうさり気ない優しさが好き。

お出かけから帰宅したのは二十二時過ぎ。歩き疲れてクタクタだったが、それでもお構いなしに先生に抱き潰される。そんなこんなで翌日のクリスマスイブは時間を気にせずに寝てしまった。

「やっとお目覚めか？」

先生は寝ている私の横でベッドのヘッドボードに寄りかかり、ノートパソコンを操作していた。

「……何時ですか？」

「お昼すぎてる」

「え？　そうなんですね！　ごめんなさい……」

まだぼんやりとしている頭の中。ゆっくりと身体を起こすと腰に鈍痛を感じる。重だるくて、何となく痛い。先生の隣に座ると、抱き寄せられた。

「いいよ、気にしないで。俺が杏沙子のことを求めすぎたのがいけないんだから」

昨晩の先生は前日よりも激しくて、しかも二回続けて身体を重ねた。先生は歴代の彼女達にも、こんなに甘くて蕩《とろ》けるような接し方をしていたのだろうか？

「せっかくのイブなのに、あいにく今日はノープランだった。杏沙子がしたいことをする日にしよう」

「私がしたいこと？」

「そう、杏沙子がしたいことがあれば、それに合わせて行動するから」

私がしたいこと……。お外デートは昨日のうちにたくさん楽しむことができたし、あとは……

「お外デートは満喫したので、今日は先生と二人きりで部屋の中で過ごしたいです。映画を見たりして、のんびりしましょう」

「行きたい場所があれば遠慮しないで言っていいんだぞ？　車も出すし」

私の意見を聞いた先生は、面食らったような顔をしている。

「ううん、私は先生といられればそれで良いんです。夕飯も自宅で食べましょう。買い物だけは行かなきゃですね」

ふふっと先生に向けて微笑むと、先生はノートパソコンを閉じてベッドサイドに置いた。

「可愛いことばかり言ってると、ずっと閉じ込めておきたくなる」

ムニュッとルームウェアの上から胸を触り、押し倒される。

「え、ちょっと、待って！　夜に二回も……」

「むしろ、足りないくらいだ。箱の中身もすぐになくなってしまうな」

先生は箱から中身を一つ取り出して、袋を破いた。私の身体は少し触られただけで、反応してしまい、拒否するわけでもなく先生を受け入れる。結局、先生にされるがまま、寝起きから身体を重ねた。

「先生、明日は仕事ですから……今日中に帰ります」

私は布団に潜りながら言った。

「許可はいただいてるのだから、今日も泊まって、明日の朝は一緒に出勤すれば良い」

先生は平気でそんなことを言っているが、私の体力が持ちそうもなかった。

「出勤用のスーツも何も持って来てないですから」

「買い物ついでに取りに行けば良い」

「いや、だから、そういうことではなくて」

押し問答で埒が明かない。先生は過保護なくらいに私を囲いたがる。決着がつかないまま、私たちはベッドから降りた。

朝とお昼の食事が一緒になったのに加えて、冷蔵庫には作れる材料もなく、買い物に行く前に外食をすることになった。私たちは身支度を整えてマンションから出る。駅近くのスーパーまでバスで移動し、その付近にあるオシャレなカフェに立ち寄った。日曜日のクリスマスイブということで、カフェの中はカップルで混雑していたが、ちょうど席が空いて食事を済ませる。

そのあとは夕飯の材料を買いに行き、先生と一緒に料理をする。

「先生が好きな味になってると良いですね」

クリスマスケーキは先生が好きなレアチーズケーキ。ブルーベリーのソースも手作りをして、クリスマス風に可愛く飾りつける。

「杏沙子はすごいな。何でも作れる」

先生は子供みたいに目を輝かせて、感激している。メニューは骨つき鶏もも肉のローストチキン、海老とアボカドのサラダ、カナッペ、カボチャとほうれん草のグラタン。そして、先生の好きなレアチーズケーキ。

「簡単なものしか作れませんし、ネットでレシピ検索しなきゃ作れないですから」

完成した料理をダイニングテーブルに並べながら、先生と微笑み合う。

「それでも、俺のために作ってくれて嬉しい。冷めないうちに食べよう」

先生は私を先に椅子に座らせて、寝室へと向かった。どうしたんだろう？　早く食べようと自分から言ってたのに……

「はい、クリスマスプレゼント。気に入るか心配だけど……」

「え？」

先生は私の背後に回り、テーブルに小さな箱を置いたあと、首にネックレスをつけてくれる。胸元に、雫の形をした淡いパープルの宝石の輝き。小さな箱のロゴが目に入ると、私の大好きなブランド。私の誕生石、二月のアメジストのネックレス。

「杏沙子が使ってるバッグとか財布とか、このブランドみたいだったから好きなのかな……って。誰かにプレゼントなんて選んだことないから、色々迷ったんだが……」

「……嬉しいです。学生時代から大好きなんです。働いてお給料もらったら絶対に買おうって決めてて、少しずつお財布とかを揃えてました」

感動して、涙がじんわりと溜まってくる。先生は私のことをきちんと見ていてくれたんだ。ポロポロと溢れ出して涙が止まらない。

「泣くな。本当はもっと大人っぽいジュエリーにするか迷ったんだが……ショップに入ったら出られなくなった」

「ショップって……そんな、もんで、すよ……。うっ、先生が……私の好きな物……知っててくれ、うれし……」

私もショップに入るとスタッフに上手く乗せられて、ついつい購入してしまう。先生への大好きな気持ちが止まらない。

「これくらいで泣くなんて、まだまだ子供だな。ほら、鼻水出てるから」

「……だって、ほんと、うれしぃ……」

「子守りも大変だな」

そんな風に嫌味を言って苦笑いをしながら、先生は隣に座ってティッシュで私の涙と鼻水を拭う。

私が泣いてしまったせいで、料理が冷めてしまいそうだった。泣き止んだ私はティッシュをゴミ箱に捨てて、再び座る。

「やっと泣き止んだな」

先生は私の対面に座り、そう言って優しく微笑んだ。

「今日は先生と一緒に料理を作れて楽しかったです。私がホームベーカリーをプレゼントしますから、今度はパン作りしましょうね」

寝室から戻った先生は、ハーフボトルのシャンパンを冷蔵庫から取り出し、グラスに注ぐ。

「これからは一緒に過ごしていくんだし、この部屋に置いておく物だから俺が買う。今度、一緒に見に行こう」

「私……先生にクリスマスプレゼントを用意できていないから、何かをあげたいんです」

クリスマス周辺を一緒に過ごせたとしても、先生と恋人同士になれるかどうかなんて分からない。恋人でもない私に用意されたプレゼントなんて受け取りたくないかもしれない……とマイナスな考えをして、用意することなんてできなかった。けれど、今は先生に対して何かをプレゼントしたい。

先生と恋人同士になれた記念というか……

「もう充分、もらったよ」

伏し目がちに私に向かって呟く先生の睫毛が、長くて綺麗。

「私は何もあげたつもりは……」

「物じゃなくて、杏沙子の気持ちをもらってるからそれだけで良いんだ。はい、一杯くらいなら大丈夫だろ？」

先生は私にシャンパンのグラスを差し出す。グラスを受け取り、二人で乾杯をする。桃のシャンパンみたいに甘くはないけれど、ほのかな甘さがあって美味しい。

初めての二人きりのクリスマスイブを私たちは楽しむ。一杯だけなのに、ほろ酔い気分になってしまった私は眠くなってしまい、今日も泊まる羽目になる。六時半には起こされ、自宅まで車で送られる私だった——

第八章　一緒に過ごす未来

クリスマス周辺から先生の自宅に入り浸り、年末年始も一緒に過ごしている。先生が私がいないと眠れないと言い、何だかんだで実家に帰ったのは荷物を取りに行ったのみ。両親も自分達が公認しているからといって、毎日のように外泊していても咎めはしてこない。仮にも嫁入り前で、半同棲みたいな生活をしていても、気にならないらしい。……というよりも、先生と結婚すると思っているのかもしれない。

「いよいよ、明日ですね！　今から緊張してます」

明日は先生の実家、瀬山家に結婚前提のお付き合いを承認してもらうために新年のご挨拶も兼ねて向かうことになっている。

「杏沙子が想像しているような堅苦しい家族ではないので、緊張しなくて良い」

「でも、初めて彼氏の実家にお邪魔するんですよ。色々と緊張します……」

年末年始は先生と二人きりで自堕落な生活をしがちだったが、新年明けての二日目の明日は絶対に寝坊できない。元旦には私の実家にも先生と一緒に適当な時間に行ったが、明日は寝坊して約束の時間に遅れるなんてできない。そのため、早く寝ようと二十二時には二人でベッドに横になっているのだが緊張して寝つけない。

「眠れないなら、緊張ほぐしてやるよ」

「あ、ちょっと、ヤダ！　今日はしないって言っ……、んんっ」

先生はルームウェアの中にスルスルと手を伸ばし、ブラジャーの中に指を入れて突起を探しあてる。

「アラームかけたから大丈夫。した方が杏沙子もグッスリ眠れるよ」

勝手にそんなことを言いつつ、指で突起をクリクリと弄《いじ》り回して尖らせる。

「あっ、ん……！　起きら、れないと困る、から……手短におねが、い……しま、す……！」

「分かった、手短にする」

先生はルームウェアの上とブラジャーを捲《まく》りあげて、突起を執拗に舐めまわしていく。次第にショーツの中にも指を忍ばせて、花芽をくにくにと指で優しく捏《こ》ねる。まだ蜜壷を弄《いじ》ったわけではないのに、じんわりと中が愛液で湿ってくるのが自分でも分かった。先生は蜜壷の中には指を入れず、入口付近を擦《こす》るように触っている。物足りないのに愛液はどんどん溢れてきて、下半身がムズムズし始めた。

「伊織さん……」

足をくねらせながら、懇願するように先生を見上げる。

「どうした？」

「意地悪しないで……」

「してないよ。もっとしてほしいの？」

直球で投げかけられる言葉は苦手で、首を横に降ってしまう。本当はもっと、してほしいのに。

「杏沙子は素直じゃないね」

先生は自身に避妊具をつけて、秘部にあてがった。静かな寝室に、くぷっという水音が鳴る。

「んぁっ」

ゆっくりと奥まで先生自身で埋《うず》められた。

「濡れてきたから大丈夫かと思ったけど……よく慣らしてないから、いつもよりももっとキツい。痛くはないか？」

私は何も言わずに頷《うなず》いた。痛くはないけれど、いつもは丁寧にほぐしてから先生自身を挿入されるので違和感はある。

「手短にするけど、杏沙子のことはちゃんと気持ちよくしてあげたい」

先生は私の腰骨辺りを両手で支えるように掴み、ゆっくりと動き出した。私の身体はすぐに反応してしまい、蜜壷からは愛液が溢れ出してくる。

「あぁっ、そんなに……押さえちゃ、ダメ……」

奥まで入っては抜かれて、気が遠くなりそう。

「杏沙子のダメは本当はもっとしてほしいんだよな？」

「ちがっ……んんっ」

先生に奥まで掻き回されて、気持ち良さが込み上げてくる。

「……っ、あんまり締めつけるな。杏沙子よりも先に終わっちゃうから」

与えられる快感が強くて、蜜壷は先生自身を締めつけ始めた。下から見上げる先生の顔が、苦しそうだが艶っぽい。このまま、先生の顔を見つめていたい。

「杏沙子はまだ余裕そうだな」

見つめていたことに気づいた先生は腰を動かしながら、親指の腹で花芽を擦《こす》るように触ってきた。

意地悪そうに私を見下ろし、前髪が下りている様は妖艶そのもの。恐ろしいまでに大人の男の色気を振りまき、私を虜にする。

「両方……むりぃ」

腰の動きも速くなり、両方からの刺激に耐えらずに身体が反り返ってしまう。くにくにと花芽を弄《いじ》られたまま、奥まで突き上げられた私は今にも限界に達しそうだった。

「杏沙子、俺ももう……限界……」

苦しみ抜いたような顔をしている先生は、私が達したのと同時に避妊具に欲を吐き出した。痙攣《けいれん》を起こしている蜜壷の中で、先生自身が脈を打っている。先生には内緒だけれど、先生が限界に達した時の顔を見られて良かった。初めて見た先生の顔はいやらしい程に綺麗でズルい。

私の中で果てた先生は覆い被さるように、体重をかけてきた。先生は息が整っておらず、私の耳元に荒い呼吸音が聞こえてくる。そんな先生が愛おしい。

「伊織さん、大好き」

先生の背中に手を回し、私はそう囁いた。

「俺も杏沙子を好きだ。もう離さないからな」

そう返され、額にキスをされて先生自身を引き抜かれた。

私は先生に腕枕をしてもらうと、すぐに夢の中へと入り込む。先生が隣にいないと眠れないのは私の方かもしれない……


翌朝、先生がセットしておいてくれたアラームで目が覚めた。

「おはようございます」

「ん……おはよう」

アラームを止めて、ベッドに横になったままで挨拶を交わす。先生は眠そうな顔をして欠伸《あくび》をしながら、身体を起こす。

「行きたくないけど、仕方ないか」

小さな声で呟いた先生は私の額にキスを落とすと、先にベッドから降りた。

先生は自分の両親の話は全くしない。私が知っている情報は、『クレピス法律事務所』がご両親によって設立されたということ。それ以外は実家がどこにあるのかも、どんな方々なのかも何も知らない。事務所のホームページに掲載されているご両親の顔写真だけでは、どんな人物なのかは特定できない。

「伊織さん、ハムエッグにするので半熟と固め、どちらが良いですか？」

「半熟。……でも、昨日のおせちだけで良いぞ」

「まだおせちも残ってますけど、ご飯のおかずにはならないと思うので焼きます」

大晦日には先生と一緒に、簡単なレシピのおせち料理を作った。昼は私の実家に行ったので、夜に食べて、その残りがまだ冷蔵庫にしまってある。残っているのは、筑前煮、栗きんとんなど。そんなに沢山残っているわけではないので、朝に食べ終わると嬉しい。

顔を洗ったりしてからハムエッグを作り、二人で朝食を摂る。おせちの残りの分を綺麗に皿にまとめてから、テーブルに置いた。

「まだ籍は入れてないけど、既に奥さんみたいだな」と朝食を取りながら、はにかみながら先生は言った。

先生の実家には車で行くことになり、ずっと緊張したままの状態が続いている。実家に向かって走っている内にひんやりとした冷たい空気がなくなり、車内が暖まり始めた。外は晴天で雪は降らないものの、気温は低くて寒い。

「杏沙子、大丈夫？」

「大丈夫です……。今日の私の髪型と服装、本当におかしくないですか？」

「どこもおかしいところはないよ。心配しなくても、杏沙子は可愛いよ」

緊張し過ぎている私に対して、クスクスと笑い始める先生。

「いや、そういうことではなくて……」

はじめましてなのに、先生のご両親に嫌われたくない。第一印象が大切だと思っているので、先生に何度も確認してもらう。スーツだと堅苦しいかもしれないので、綺麗めなオフホワイトのシフォンブラウスに黒のパンツを合わせて、黒のパンプスを履いてきた。その上から淡いベージュのコートを羽織っている。髪型は派手過ぎず、毛先を少しだけ巻いてハーフアップにしてきた。仕上げに先生からクリスマスプレゼントにいただいたネックレスをつけている。

「普段着だとカジュアル過ぎるかな？　とか色々考えてしまって……。伊織さんのご家族は皆さん揃って弁護士ですが、私の実家は至って普通ですし、今更ですが身分違いかな？　とか思ったりもしてます」

両親共に会社勤めだが、特別な出世をしているわけではない。私の経歴もそこそこの私立大学卒の元区役所勤めで、先生みたいに有名国立大学の出身でもない。考え出したらキリがなくて、先生との交際や結婚はハードルが高いことに気づいてしまう。何故、もっと早くに気づかなかったのだろうか……

呆れたように言い放たれた言葉が、私の心にグサッとささる。

「馬鹿だな、お前」

「え？」

「実家が大手法律事務所だとか、そんなことは関係ない。この俺がお前を選んだのだから、自信を持って堂々としてろ」

先生が選んでくれたことを幸せに思わないといけない。相変わらずの先生は、自信ありげな高圧的な態度で私に接する。甘いだけじゃない先生の方が慣れているので、その方が気が緩む。

「もう少しで着くけど、果凛も来ているから安心しろ」

「果凛さんもいるなら、場が和むかもしれませんね」

「アイツ……、仕事以外は馬鹿丸出しだからな」

「いや、そんなことは言ってませんけど……」

先生は声高らかに笑っているけれど、私は苦笑いしかできない。果凛さんはスタイルも良くて、美人な上に、弁護士資格まで持っているバリキャリタイプ。天は二物を与えないというけれど、果凛さんには幾つも与えられている。羨ましいと思うけれど、こんな私でも先生が選んでくれたのだから、私は多くは望まない。先生の側に末永くいられるように、私は私なりの努力を重ねていこうと決めた。

「わぁ……」

先生のもう少しで着くという言葉通り、あれからさほど時間はかからなかった。先生の実家は門がある由緒ある日本家屋というような平屋の大きい家。先生は門の前に車を横付けして、私に降りるように促す。

表札には『瀬山』と書かれており、門の前でインターホンを鳴らす。

「お待ちしておりました、伊織様。車のキーをお預かり致します」

すぐさま黒服のスーツに身を包み白い手袋の男性が現れて、深々とお辞儀をしながら車を自宅の駐車場まで運んでくれた。

松や紅葉の木が植えてある庭の中にある定石の上を歩き、玄関に向かう。私が来るべき場所ではないような場違い感が半端なく押し寄せてきて、足取りが重くなった。

「いつも通りで大丈夫だから」

先生は不安に思っている私の気持ちに寄り添い、背中をさすってくれる。私は胸に手を当てて、小さく深呼吸した。玄関までたどり着いてしまい、腹を括る。もうなるようにしかならない、そう思うことにした。

「新年あけましておめでとうございます。伊織様、野上様、こちらへどうぞ」

玄関を開けると白いエプロンに黒いワンピースの女性が正座をして待っていた。三つ指をついて新年の挨拶をされ、私たちも挨拶をしてから廊下を歩いて行く。門にいた方もこの方も瀬山家をお手伝いしている方なのだろうか？　テレビドラマや小説などでしか見たことがない雰囲気に、ますます緊張感が高まった。

「失礼致します。伊織様と野上様をお連れ……」

客間へと案内され、お手伝いさんがと言いながら襖を開けようとした時――

「とにかく私は実家には住みませんから！」

大声を張り上げながら淡いグレーのニットワンピースを着ている果凛さんが飛び出して来た。

「あ、伊織君！　ちょうど良かった。二人にちゃんと言って。私は一人暮らしがきちんと出来るから大丈夫だって……」

「はぁ？　新年早々騒がしい奴だな」

果凛さんは先生の胸元を掴み、上目遣いで訴えている。私は緊張していたが、一気に拍子抜けしてしまった。先生は軽く溜め息を吐いて、助けを求めるように私を見ている。助けを求められても私もどうしようもないので、目を逸らした。

「野上杏沙子さん、初めまして。来て早々、騒がしくてごめんなさいね。私は二人の母親で瀬山涼子《りょうこ》と申します。あちらは父親の瀬山真道《まさみち》です。さぁ、どうぞお入りください」

「初めまして、野上と申します。よろしくお願い致します」

襖の入口付近で果凛さんに足止めをされていると、和室の客間の中から先生のお義母《かあ》様が出てきた。遠慮なく中に足を踏み入れる。私はお義母様の正面に座るように促され、お手伝いさんが椅子を引いてくれて席についた。黒い長方形のテーブルに座り心地の良い高さの椅子。和室だが正座ではなく、心底安心した。正座だとしたら、座り慣れてないので足が耐えられる自信がない。

「本日はようこそお越しくださいました。食事を楽しみながら、息子の様子や事務所の話をお聞かせいただけると私どもも嬉しく思います」

プンプンと怒っていた果凛さんも席につき、お義父《とう》様が私に向かって優しく微笑んだ。ホームページで見て感じたように、実物を見てもやはり、先生はお義父様よりもお義母様の方が似ている。

「堅苦しいのが嫌いだから、単刀直入に聞けばいいじゃない？　結婚するの？　とか経営上は問題ないの？　とか」

果凛さんの言い方には棘があって、まだ腹の虫は治まってないようだった。

「伊織君の元婚約者の件から、二人はずっとそう。伊織君に対して何だかよそよそしいし、独立したいって言っても反対しただけで何も力添えしてあげなかった」

「果凛、やめなさい。お客様の前だぞ」

お義父様は声を荒らげている果凛さんに対して、低い声で注意をする。

「伊織君と結婚して瀬山家の人間になるなら、野上さんにもきちんと知ってもらわなきゃ」

それでも構わずに独壇場を続ける果凛さん。

「伊織君に目先の欲だけで無理なお見合いを押しつけて、婚約者が怪我したら、お金の力で捩《ね》じ伏せて、今度は婚約破棄させるなんて……あまりにも酷い。二の舞は踏みたくないから、私はお見合いなんてしない！」

先生から聞いた話には続きがあった。ご両親がお金の力で捩《ね》じ伏せたと果凛さんが言っているが、どういうこと？　婚約は破談になったわけではなく、ご両親によって破棄されたということ？

「果凛……それは誤解だ。元婚約者が怪我をしたから、賠償金を払って手切れ金代わりにしろと言ってきたのは相手側だ。二人は悪くない」

ずっと黙って聞いていた先生が口を開いた。

「それに事務所を辞めたのは、その件もあって嫌気がさしたのと、これを機に独立したかったからだ。果凛の方が大手の経営者として向いてるからな、お前に託すよ」

「伊織君……」

先生はふっと微笑む。果凛さんは先生の言葉で気持ちが落ち着いたのか、急に大人しくなる。果凛さんて本当に先生を信頼しているんだな。だからこそ、先生の自宅に転がり込んできたりしていたのか。

「野上さん……いえ、杏沙子ちゃん。せっかく来てくれたのに、ごめんなさい。嫌な雰囲気にしてしまって……」

果凛さんが私に謝り、私はそっと首を横に振る。

「私、家事ができなくて、伊織君にずっと任せていたの。伊織君が引っ越しちゃって、部屋が散らかってたのをお母様に見つかって……新年早々に喧嘩しちゃったのが原因」

私は余計なことは言わずに、返事の代わりに微笑む。その後も私はどうして良いのか分からず、誰かが口を開くのを待った。しばらく誰も口を開かずにいると、料理が運ばれてきた。

「食事をいただこうか」

お義父様がそう言う。私は先生と目を合わせる。先生はどうぞ、と言わんばかりに頷《うなず》く。

「ずっと……無理にお見合いをさせたのを悔やんでいた。なので、果凛の縁談は無理に進めないことにする」

お義父様は運ばれてきた汁椀を一口飲んでから、果凛さんに対して物申した。それを聞いた果凛さんは安堵したような表情を浮かべていたので、私も安心する。そして続け様にお義父様は私に問う。

「伊織が自分で見つけた婚約者を連れてきてくれて良かった。杏沙子さんは料理の方はどうかな?」

「簡単な物しか作れませんが、手作りするのは好きです」

「果凛が料理も掃除もできないのは母親譲りだから仕方ないな」

私が答えると、そう言って声を出して笑う。

「それでも良いから結婚してほしいと言ったのはあなたじゃないの」

お義母様はバツが悪そうにそう返す。

先生の意地悪とこの拗ねてる時の感じは、どちらからともなく遺伝子を受け継いでいるみたいだ。次第に場が和んで、私の緊張も解《ほぐ》されていく。

「瀬山家は元々、貿易商をしていて、今は兄が継いでいるの。弁護士になるつもりで法務部に入ったわけじゃないんだけど……真道さんと出会って、一緒に弁護士になった。で、事務所を立ち上げってわけ」

「涼子さんは高嶺の花でね、口説くのが大変だった。必死で勉強して弁護士資格の一発合格を二人で目指したけど、涼子さんだけが合格した。この子達は涼子さんの遺伝子を受け継いでいるから、一発合格したんだろうね」

ご両親は私に向かって、誰かが入る隙間もないくらいに話してくれている。先生が言うように、堅苦しい方々じゃなかった。勝手なイメージだけれど、弁護士一家と聞くと堅苦しいような想像をしていたが、全然そんなことはなく親しみやすい。私は食事中に、とにかく粗相をしないようにだけ気をつけていた。

「杏沙子さんは何故、安泰の区役所を辞めてまで、開業したばかりの伊織の事務所で勤めることにしたのかしら？」

お義母様に尋ねられたが、確かに安心して定年まで仕事が続けられることや退職金も出ることが魅力的だった。でも、それらがなくなっても、私は先生の事務所を選んだことを後悔していない。

「実は……伊織さんと出会ったのは、私が自転車で転んで怪我をしたのを助けてもらったのがきっかけなんです。その時に、事務員も募集していると知ったので……」

本当は知り合いを紹介してほしいと先生は言っていたのに、私が押しかけて無理矢理に働かせてもらっているのだが、その辺は曖昧にしておきたい。

「えー！　そうなんだ！　つまり、伊織君と運命の出会いをしたわけだね。羨ましいなぁ……。私もそんな出会いをしたいなぁ」

果凛さんが急に口を挟んできて、目を輝かせている。

「でもなぁ、私の理想が伊織君だから、なかなかハードルが高いのよ。それにねぇ、相手の年収が高くても専業主婦になれと言われたり、家事を強制されるのは嫌なんだよね」

「お前が主として働いて、主夫として家事を任せられる相手を探したらどうだ」

ブツブツと文句を言い始める果凛さんに対して先生がアドバイスするが、それも何か違うようだ。

「それも良いと思うのよ。でも、仕事盛りの人が辞めて請け負うと思う？　その方の実績がなくなるのは私も納得がいかない。一番良いのは分担制よね」

「分担制と言いつつ、何にもしない奴もいたけどな……」

淡々と話す果凛さんに対して、先生はボソッと嫌味を言う。

「ちょっと伊織君！　それは言っちゃ……」

「果凛、あとでお話しましょうね」

果凛さんが慌てていたが、お義母様は引きつり笑いを浮かべている。

「伊織と杏沙子さんはいつ頃、籍を入れるんだ？」

ただならぬ雰囲気になりそうなところをお義父様が話を逸らす。

「事務所も細々と運営できているし、俺は早い内に籍を入れたいと思っている。な？」

先生は隣に座っている私に話を振り、顔を見下ろしてきた。

「え？　……あ、はい」

ドキドキドキ。不意に目が合ったことも心臓に悪いけれど、家族の前で近い内に入籍をする宣言をされたことに驚く。確かに結婚前提の付き合いだと先生に言われていたが、こんなにも早く結婚の話まで進むとは思っていなかった。

「二人の気持ちが固まっているのなら、式の日取りは早い方が良いだろう。伊織、杏沙子さんのご両親のご都合も聞いた上で諸々の段取りを決めなさい」

「分かりました」

お義父様の言葉に了承した先生は、今後のことや仕事のことも含めて二人で話始めた。ポツンと一人になってしまった私にお義母様がウキウキした様子で話しかけてくれる。

「杏沙子さんは白無垢と色打掛はどちらがお好み？　私は白無垢だったけど、色打掛も素敵よね。もちろん、ウェディングドレスも着たわよ」

「そうですね、今まで考えたこともなかったですが……どちらも素敵ですが色打掛でしょうか」

「私も色打掛が良いと思う。杏沙子さんは何色が似合うかな？」

私が答えると果凛さんも混ざってきて、次はウェディングドレスの話で盛り上がる。次第に女子トークに発展し、お義父様に騒々しいと睨まれた。

心配したのも束の間、瀬山家訪問は和やかな雰囲気で終了する。実家に泊まってと言われたが、先生が断固拒否して、マンションに帰ってきた。

「あー、疲れたな……」

玄関で靴を脱いだら、リビングに行くまでに私の肩に腕をかけて項垂《うなだ》れている先生。体重がかけられて歩きにくい。

「私は最初は緊張してましたけど、色んな話を聞けて楽しかったですよ。みなさん家族想いですね。それから、お屋敷にもびっくりしましたし……」

「他に何か言うことないの？」

私がうふっと笑うと、と先生は聞いてくる。お手伝いさんのことや庭のことかな？

「着いたら鍵を預か……」

「違う。そうじゃなくて、入籍のこと」

肩に腕をかけていた先生だったが、立ち止まり体勢を変えて抱きしめてきた。私は先生の腕に手を添える。

「……はい。驚きましたけど、嬉しかったです」

「いつにする？　クリスマス前からこうして一緒にいるから、手離したくないんだけど」

耳元で言われ、先生の吐息がかかる。

「わ、私は……」

目まぐるしく周りの世界が変わってしまい、正直、心がついていけてない部分がある。先生と婚姻できたら嬉しいけれど、でも……。先生はそんなに簡単に決めてしまって後悔しない？

「怖気づいたか？　それとも、いざ付き合ってみたら、理想とかけ離れていたか……」

それは絶対にない。むしろ、私の方がそう思われてないか心配なのだから。

「違います……！　私はただ、先生が後悔したら嫌だなって思って」

「後悔？　するわけがない。杏沙子を手離してしまうことの方が悔いが残る。自分の気持ちを押しつけて、急かして悪かったな……」

急に寂しそうな声を出して謝られた。

「先生……、私も絶対に後悔なんてしないけど付き合ったばかりで色んなことがあり過ぎて、ちょっとパニックに陥っています」

幸せなはずなのに、不安になってしまうのはどうしてだろう？　起きたら全てが夢だった、そんな結末も有り得そうで怖い。

「過保護な程にお前を守ると決めたんだ。心配しないで、嫁に来い」

「分かりました。でも、ちょ、ちょっとだけ……待っててほしいです。心の準備とか、ありますので……」

真剣に告げられても、私の気持ちはついていけず即答できない。

「いつまで？」

「いつまで……ってまだ分かりません」

拗ねたように聞いてくる先生は、時折子供っぽい。

「期日が決められていないのは落ち着かない」

「じゃあ、先生の誕生日にはお返事します」

「あと三週間か……。長いな」

先生は弁護士だからか、それとも性格上の問題なのか、期日と白か黒かをきっちり決めておかないと落ち着かないみたいだ。付き合う前は私に曖昧な態度をとっていたくせに、自分は正確な答えを欲しがるなんて我儘な人なんだから……。

「あの、明後日から仕事が始まりますし、明日は一旦帰ります」

「次はいつ来る？」

過剰なまでに束縛が激しい。

「先生……新しいおもちゃが手に入った子供みたいにはしゃいでないで、一旦冷静になってください。私に執着しす……、んっ」

　先生は淡々と話す私の顔を後ろ側に向けて、キスを施す。突然されても、受け入れてしまう自分がいる。

「年甲斐もなくはしゃいでいるのは自分でも分かってる。もう他の誰にも渡したくないし、お前が他の誰かに目移りする前に囲いたい」

　私の身体を前向きにし、今度は前から抱きしめてくる。先生の温もりが心地良い。

「私は……先生に愛されても、今だけなんじゃないかとか……、元彼にされたみたいに急に捨てられるんじゃないかとか……不安、なんです！」

　咄嗟に出た言葉で、不安な理由が分かった。元彼に振られたあとに先生に出会って、なかったことにされていたけれど……突然振られたことが心の奥底でトラウマになっていたんだ。だから、素直に嬉しいと喜べなくて。先生が結婚まで考えてくれているのに、不安が勝ってしまう。

「不安なのは俺も一緒なんだ。俺だってお前がいなくなってしまったら、どうしたら良いのか分からない」

　私が先生のことをダメにしてるのでは？　そのくらい、先生は弱々しく伝えてくる。

「だからといって、焦り過ぎだったな。悪かった。結婚はなるべく早くしたいけど、杏沙子の決意が固まった時にしようか……」

「ごめんなさい」

「いいんだ。杏沙子が悪いわけじゃない」

先生は私から身体を離し、「風呂の準備をしてくる」と言って給湯器のスイッチを押しにリビングに行ってしまった。気を悪くしてしまっただろうか、と思ったのだが、先生は浴槽にお湯が溜まるまでの間にコーヒーを飲もうと言って淹れてくれる。それから、二人でコーヒーを飲みながらたわいのない会話をして、順番でお風呂に入った。

私が結婚のことをうやむやにしてしまったせいで、先生に嫌な思いをさせてしまったかもしれないてばかり思っていたが、普段通りに接してくれている。待っててくれると言ったのだから、大丈夫だよね？

「杏沙子、今日は実家に来てくれてありがとう。元婚約者のことだけど……、あの話には続きがあって……」

「え？　言いたくないないなら言わなくても大丈夫ですよ。先生が辛いことは根掘り葉掘り聞いたりしませんから」

お風呂から上がり、身支度を整えてベッドに潜り込んでいる私たち。先生は腕枕をしてくれて、寄り添いながら話をしている。

「いや、知っててほしい。これはあとから知った話なんだが、元婚約者には俺ではない好きな人がいたらしいんだ。婚約が破談になったあとは、その人とどうやら駆け落ちしたと噂で聞いた。もう和解の示談金を払い終えたあとだったし、結局、何だったんだろうな……」

「伊織さん……、好きだったんですよね？　その人のこと」

「そうだな、少しずつ惹かれてはいた。でも、その話を聞いた時は百年の恋も冷めた感じでどうでもよくなった。事件がなくても、どのみち駆け落ちされてたかもしれないな」

「私は伊織さんのことが一番大好きですからね」

私はギュッと先生に抱きついて、胸板に顔を埋《うず》める。

「これは聞き流してください。私、元婚約者さんが駆け落ちしてくれて良かった。じゃなきゃ、伊織さんと出会えなかったのもあるけど、伊織さんが想いを寄せた人がいきなり現れたら勝ち目ないかもしれないから……」

先生の元カノの澤野さんに元婚約者さん。私の知らない過去をこの二人は知っている。それだけでも嫉妬してしまいそうなのに、先生が二人を好きだったという事実も受け止めるには時間がかかりそうだ。

嫉妬は何故こんなにも苦しくて醜いのだろう。

「俺は杏沙子しか好きじゃないよ」

先生は私の頭を愛おしそうに撫でて、強く抱きしめる。

「明日、帰るんだよな？　温もりを忘れないようにこのまま眠りたい」

「今日の夜はいつもよりも寒いので、こうしてると温かいですね」

ピトッと身体を密着させながら、先生の香りが鼻を掠《かす》める。先生が使用している芳香剤はとても良い香りで、ここ何日かは私も同じ香りに包まれている。一緒に洗濯もしているし、新婚さんみたいな日々だった。自宅も同じ芳香剤にしようかな？　微かに香って良い匂い。

そういえば、シャンプーも借りているから同じ香りがするよね？　私は気になってしまい、少しだけ身を乗り出して首元に鼻を近づける。

「どうした？」

「伊織さんと同じシャンプーだなって思って……」

クンクンと鼻で匂いを嗅んでいるのがバレた。

「さっきからずっと可愛いことしてくるから、ココがもう苦しい……」

「え？」

先生に手を引かれ、股間の部分に手をあてられる。先生の下半身はジャージの上からでも分かるくらいに、下着の中でパンパンに膨れ上がり、硬くなっていた。

「盛りがついたみたいに杏沙子にだけ、すぐに反応する。杏沙子の身体も心配なのもあるし、明日は帰ってしまうから、寂しくならないように今日はしないようにと思ってたんだが、どうやら限界みたいだ」

先生は私を組み敷いて、上から見下ろした。

「抱いても良いか？」

私が頷《うなず》くと、すぐに唇が重ねられた。昨日みたいに手短にとお願いしたわけではないのに、今日の先生は余裕がないみたいに荒々しい。

「い、おり……さん！　そこはダメ、見えちゃう」

首筋に唇を這《は》わせて、赤い蕾をつけていく先生。だが、つけた場所はハイネックかマフラーでしか隠せない。

「見えても良い。杏沙子は俺のモノだっていう印」

先生に言ってもお構い無しにところ構わずつけてくる。

「わ、私もつけてみたいです！」

私も先生が自分のモノだという証拠をつけたくて、頼み込んだ。

「……？　はい、どうぞ」

先生はルームウェアの上を脱ぎ、ベッドの上に腕を広げて座ったので私も起き上がる。先生の前に座り、胸板にそっと手で触れた。胸の上辺りにキスをしてから、唇を開いて少しだけ皮膚を吸い上げる。唇を離してみると吸い上げる力が足りないのか、上手にできてない。もう一度チャレンジしてみると、今度は綺麗な赤い蕾が現れた。

「伊織さん、できました！　見て見て、ほら綺麗に……」

先生の顔を見上げると初めての体験にはしゃいでいる私の姿を、柔らかな顔つきで見つめている。

「本当に無邪気で可愛いな。杏沙子は何でこんなにも可愛い生き物なんだろうか……」

意味深にそんなことを言われる。ギシッとベッドのスプリングの音が鳴り、先生は再び私を横たわらせた。

「明日の朝はまた起きられないな」

そう言いながら、私のことを時間をかけて愛し抜くのだった——

＊＊＊

新年が明けて初の出勤日。出勤日の前日は一旦、自宅に帰宅したので先生とは夕方ぶりに会う。クリスマス付近から毎日のように先生と一緒に寝ていたため、昨日の夜はなかなか寝つけなかった。先生に抱かれた翌朝よりも寝不足気味。寂しいのと同時に、いつも腕枕をしてもらって寝ていたので、自分の枕の寝心地も変化してしまった。

「瀬山君、新年だから心を入れ替えたのかしら？　イキイキしてるみたい」

澤野さんは元カノなので、先生の僅かな変化でも気づくみたいだ。先生はスリーピースの紺のスーツを着て、ノートパソコンで仕事をこなしている。事務所の設立当初は身だしなみも疎かにしている日もあったが、今日はキラキラしたオーラを身にまとっているように見えた。

「俺は挨拶回りと顧問弁護士をしていた以前のクライアントにも会ってくる。夕方まで戻らなかったら、澤野は退勤時間になったら上がって構わない」

「はーい、分かった。行ってらっしゃい」

先生は澤野さんが軽い返事をしたあと、ビジネスバッグにノートパソコンをしまい、颯爽と出かけて行く。

澤野さんのお子さんの周君は、冬休みの平日は旦那さんの実家にお泊まりすることになった。そこから澤野さん自身も通い、その間は旦那さんも一緒に実家に住んでいるのだそう。

「ねー、ねー、杏沙子ちゃん。瀬山君と進展あったの？」

「澤野さんも知ってるんですか？　それなら俺も混ぜてください！　一緒に話を聞きたいです！」

隣のデスクの澤野さんが椅子を横滑りさせて私に近づき、向かい側の席の湯河原君も身を乗り出して聞いてくる。年末年始の挨拶をメッセージで交わしただけで、この手の会話は一切していなかったので、急に振られて照れくさい。

「あ、あの……」

どこまで言って良いのだろうか。先生には特に隠せとも言われてない。職場恋愛はお互いに気を遣うと思うけれど、この二人は最初から私の気持ちに気づいていて応援してくれているから話しても良いのかなぁ……

「結婚を前提にお付き合いすることになりました」

こんな報告を仕事中にするなんて思ってても見なかった。私は二人から視線を外し、俯き加減で伝える。緊張と恥ずかしさで顔から耳まで火が出るみたいに熱い。

「えー！　いつの間にそんな関係に？　でも、本当に良かった。おめでとうございます！」

湯河原君と先生の話をするのは久しぶり。澤野さんと果凛さんが事務所に来た辺りから、忙しいのもあって仕事中の無駄話はせず、年が明けた。

「杏沙子ちゃん、一歩踏み出せたのね。良かった！」

澤野さんは私の手を取り、キラキラとした視線を送ってくる。まるで我が子の成長を喜ぶ温和な母親のように見えた。

「二人がこのまま幸せな家庭を築けるように願ってるね」

「あの、私……」

「どうしたの？」

素敵な言葉を澤野さんからかけてもらったのに、私はまだ不安な気持ちから抜け出せないままだった。

「先生と急にそんな関係になって、不安なんです。結婚を前提にって言われても、やっぱりやめにしようとか言われるのが怖くて鵜呑みにできないんです」

「杏沙子ちゃん……。なんだか、らしくないね。きっと生活が目まぐるしく変化しちゃって、ちょっと疲れちゃったのね。一旦、立ち止まって気持ちを落ち着けよう」

澤野さんは背中をさすってくれる。私は自分の抱えていた気持ちを少しだけ吐き出したら、楽になったような気がした。

「今日、お弁当？」

「はい、お弁当を持ってきてしまいました」

今日は初めて、先生のお弁当も持ってきていた。でも、今日は夕方まで帰らないということなら持ち帰ろう。二人に交際を知らせたので、隠さなくても普通に渡せたのだけれど……。先生の予定を管理しているのは私なのに、予定を見ずに何をしてるんだろうか。

「じゃあ、仕事帰りに近くのカフェで待ってるから少しだけお話しない？」

「周君は大丈夫ですか？」

「たまには私も息抜きしたいの。それに年末年始から旦那の実家にいるから疲れちゃって……」

澤野さんは家庭と仕事の両立が大変そうだ。冬休み期間中だけと言っても、旦那さんの実家にお世話になっているのならば気苦労も多いだろう。

「そういうことなら、カフェに行きましょう。楽しみにしてます」

湯河原君も一緒に行きたいと言ったが、澤野さんが旦那の愚痴と実家の愚痴を徹底的に聞いてもらう日に男性が聞いたら引いちゃうからまたの機会にと言って、速攻で撒《ま》く。湯河原君も何やら相談があるとのことで、後日改めて三人の会が開かれることになった。湯河原君の相談事は司法試験のことや果凛さんのことだと思う。湯河原君は司法試験を受験するための予備試験を合格し、七月に本試験を控えている。

私たちはコーヒーを淹れて一息ついてから仕事を再開した。お昼近くになり、スマホにメッセージが届く。

『弁当作ってきてくれた？　受け取るの忘れた。公園まで来られる？』

先生からだった。先生から忘れ物を届けてほしいと連絡が来たと言って、休憩がてら自分のお弁当も一緒に持って行く。二人に伝えるとニヤニヤしながら、「行ってらっしゃい」と手を振られた。

私は小走りで事務所近くの公園まで急ぐ。先生はベンチには座らずに、その付近で立って待っていた。姿を見つけた私は駆け寄ろうとしたが、何かにつまづく。

「いっ、た……」

「わぁ、先生……！　ごめんなさい」

つまづいた拍子に先生に向かって転んだ。私を支えようとした先生が尻もちを着いた。

「怪我はないか?」

「私は……大丈夫です。それより、先生、ごめんなさい……!」

なだれ込むように先生を押し倒してしまい、先生のコートやスーツが汚れてしまった。

「大丈夫だ、手で祓えば落ちる」

私は先に立ち上がり、先生に手を差し伸べる。先生はクスクスと笑いながら、「お前に弁当箱を持たせると危なくて仕方がない」と言ってくる。私もつられて笑う。

先生と出会った日は、ランチバッグが吹き飛んで拾ってもらった。今日はそのランチバッグごと、私が先生の元に突っ込んでしまった。

「年末はずっとうちから職場に通っていたし、寝坊気味だったから弁当はなかったけど……今日はあるのかな? と思ったから連絡した」

「朝、メッセージだけでも送ろうかと思ったんですが、サプライズも良いかなと思って連絡しなかったんです。持ってきたよってメッセージ送るだけでもサプライズになったのに……」

先生にお弁当を作ろうと思っていたのだが、マンションにいる間は朝寝坊してしまい、朝食を作るのがやっとだった。今日はなかなか寝つけない上に、朝早くに目が覚めてしまい、張り切って作ったお弁当である。喜んでもらえると良いけれど……

「ごめんなさい! 崩れてしまいました」

ランチバッグを持ったまま、転んだのでお弁当の中身が寄ってしまった。幸い、先生のノートパソコン入りのビジネスバッグはベンチに置かれていたので無傷。それだけが救いである。

「あ、サンドイッチだ。サラダも別にある」

「サラダは先生が気に入ってくれた梅ドレッシングをかけて食べてくださいね」

「この唐揚げ、冷めても上手い」

先生は子供みたいに喜んで食べてくれる。晴れていてもヒンヤリとした空気の中、私たちはベンチに座ってお弁当を食べた。先生がテイクアウトしてくれたカフェラテがかじかんだ手を暖めてくれる。

「ごちそうさま、全部美味しかった」

「今度はスープも用意しますね」

スープジャーのパッキン部分が緩くなり、漏れてしまうので今日は持ってこなかった。週末にでも、先生とお揃いのスープジャーを買いに行こう。先生用のお弁当箱も新調したい。

「ふわぁあ……。杏沙子が隣にいると眠くなるな」

「……ふわぁ。私も欠伸《あくび》がうつりました」

お互いに寝不足なのか、お弁当を食べたあとは何だか眠くなってしまった。

「あと何分大丈夫？」

「え？　十五分くらいかな？」

「じゃあ、少しだけ。おやすみ……」

先生は私の膝にふわっと頭を降ろしてきた。真上から見下ろす先生の横顔。何回見ても睫毛が長い。寝顔も綺麗。頭を撫でてみても良いかな？　先生は首の後ろにホクロがあるんだよね。あっ、この下にもあったんだ。違った角度から見ると新たな発見がある。

「寒いし、ジロジロ見られてるし寝られない」

すぐに起き出した先生は再び、私の隣に座る。

「報告。昨日も酒を飲まなかった。不安は解消されたのに、隣に杏沙子がいないと思うと寝つけなくて……」

「私も同じですよ。寝つけなくて夜更かししたのに、無駄に早起きしちゃいました。……週末にはまたお邪魔しても良いですか？」

「約束しなくても、杏沙子の好きな時に来れば良い」

先生は私の髪をクシャクシャと撫でると、肩を抱き寄せる。今日の午後からは雪予報だからか、公園には人通りが少なくて良かった。

「先生はまた外出ですよね？　お気をつけて」

「杏沙子こそ、気をつけて。転ばないように」

「ありがとうございます、気をつけます」

時間が迫ってきて、私たちは手を振って別れる。先生はわざわざ私のために、お弁当のためかもしれないが……どちらにせよ、時間調整をしてくれたんだ。予定が詰まってたのに。やはりサプライズなんて考えずに、メッセージを事前にしておくか、出勤時にデスクに置いておけば良かった。幸せな時間を過ごせて嬉しかったけれど、先生に無理をさせてはいけない。秘書も兼務してるのに、失格だな。

年始で私の仕事はあまりなかったのもあり、今日は澤野さんと一緒の時間に退勤した。何だか下半身も重だるくて、偏頭痛も出てきたが、私たちは予定通りにカフェに足を運ぶ。

「杏沙子ちゃんと瀬山君が上手くいったようで安心した。そういえば、瀬山君が引っ越したんだって。果凛ちゃんから聞いた」

オーダーしたドリンクとスイーツセットが届き、堪能しながら会話を楽しむ。

「そうなんです。事務所からも近い場所です」

果凛さんは引っ越したことは伝えたみたいだが、私たちの関係については一切何も伝えてなかったらしい。『本人たちから聞いた方が良い』と果凛さんは言っていた、と。

「すっごく……下世話な話なんだけど。瀬山君とどこまでいった？」

「え？　えっと……最後まで」

直球な質問にしどろもどろになりながら、返事をした。返事をしながら、私の顔は真っ赤に染まる。

「やだ、反応が可愛い……！　これじゃ、瀬山君じゃなくても可愛くて仕方ないよね」

うふふと笑い、紅茶に砂糖を入れてかき混ぜる澤野さん。

「瀬山君って色んな意味で淡白なんだけど……」

「色んな意味で淡白？」

それは一体、どういうことなのだろう？　との意味を込めて聞き返してしまった。

「あー、うーん……、彼女に対して素っ気なかったり、エッチも誘えばしてくれるけど自分からはあんまりみたいな感じで……」

そういう意味合いなことか。元カノの澤野さんから、そんなことを聞くと生々しい気もする。

「でもね、杏沙子ちゃんに対してはそんなことがない気がする。杏沙子ちゃんのことは本当に好きで、大切にしたくて……守りたいって意思が強そうに見える。だから、瀬山君のことも大切にしてあげてね」

澤野さんが先生のことをどれだけ想っていたのか、凄くよく伝わってくる。本当に好きだったんだなって思うと、胸が締めつけられる。私は絶対に先生を手離したくない、そんな気持ちが湧き上がってきた。

「それから……、ここ。たまに見えてたよ」

ちょんちょんと指で自分の首元を触り、教えてくれた澤野さん。

「え？　あっ、嘘……」

ハイネックのニットを首元まで上げる。出勤した時に湯河原君に『ニットを着てくるなんて珍しいですね』と言われ、『寒いから着てきた』と言い訳していたけれど、澤野さんには見えていたとは。恥ずかしい。もしかしたら、湯河原君にも見えていたのかも。

「大丈夫。湯河原君は純粋だから気づいてなさそう」

澤野さんにはお見通しで、私が言いたいことがすぐに分かってしまったようだ。

「雪が降ってきたから、帰ろうか。私にもお迎えが来たし……」

澤野さんの視線が窓の外に向けられると、そこには背の高い男性と周君が立っていて、こっちに向けて手を振っていた。

「旦那さんですか？　背が高くて、今大人気のイケメン俳優に似てますね！」

「でしょ、でしょー！　似てるんだよ、格好良いんだよ！　超絶好みなんだよね」

先生とはまた違う雰囲気の男性だが、目鼻立ちがパッチリしている甘いマスクで、大人の色気が漂っている。

「彼は弁護士でも何でもないの。一流企業には勤めてるけどね。周も喜ぶし、今度、瀬山君や湯河原君と果凛ちゃんも誘って食事しよう」

そう言って澤野さんは席を立ち、最後にこう付け足した。

「湯河原君は果凛ちゃん狙いよね」

すごい、それにも気づいていたとは……

カフェを出ると周君が私の元にやって来た。澤野さんの旦那さんにも挨拶をして、その場で別れる。旦那さんが迎えに来てくれた時の澤野さん、照れてたように見えた。いつも大人の振る舞いをしている美人さんなのに頬を赤らめて、まるで恋する少女みたいだったなぁ。二人を見てたら、先生に会いたくなった。

そういえば、私からは先生に会いたいというメッセージを送ったことがなかった。付き合うようになってから、常にお泊まりしていたから、その必要もなかったのだけれど……今日は送ってみようかな。それとも、事務所の前を通りかかって明かりがついていたら、寄ってみようかと思い立つ。

そういえば、お弁当箱も受け取ってなかった。

その前にお腹に異変を感じて、コンビニのトイレに立ち寄ると、いつもよりも一週間も早く月のものが来ていた。このせいで、情緒不安定になってしまっていたのか……。それなら、心に乱れがあっても納得がいく。

「お疲れ様です……」

窓から明かりが漏れていたので、重い扉を開けて中に入ると先生の他に湯河原君と女性が一人いた。

「もしかして、ブライダルフェアの時の……！」

「そうです。年明け早々にお邪魔してすみません」

ブライダルフェアに行った時に、婚約者の男性から弥生さんと呼ばれていた方だ。

「野上は事務員ですから、守秘義務は守ります。女性がいた方が話しやすいならば同席させても構いません」

「そうだったんですね。では、同席してもらえたら嬉しいです」

先生が伝えると弥生さんがそう返事をした。来客があるとは思っていなかったが、タイミングが良かったようだ。

私たちがブライダルフェアにいた理由を話してから、彼女の話も聞く。婚活パーティーで詐欺に遭って、そのあとにあの婚約者の男性と出会ったらしい。弥生さんが勇気を出して相談しに来てくれた。この相談が彼女にとって良い未来につながるように、私にできることは頑張ろう。事情を聞いたあとに雑談をする。

「今日は訪ねてみて良かったです。瀬山さんと野上さんは本当に仲が良さそうで、本当に婚約者同士かと思ってしまいました。私、本当に騙されやすくてダメですね」

「いや、事務員ですけど、婚約者なのは本当です」

弥生さんは私たちにも騙されたことを笑い話に変えていたが、先生はしれっとした態度で修正した。私は、弥生さんと湯河原君から注目を浴びてしまう。

「じ、実はつい最近、……本当にそうなりました」

私は照れくさくて下を向きながら答える。二人からおめでとうと祝福され、顔が真っ赤になってしまう。祝福に慣れてないので、目が泳いでしまっている。

「また来ます」

弥生さんは今後の流れの説明を聞き終え、そう言って事務所を出て、そのあとすぐに湯河原君も退勤した。

「先程の女性が来てくれたのも、お前が名刺を渡してくれたからだな」

先生は二人が事務所から出たあとに、おかわりのコーヒーと私の分を淹れながら言った。

「いえ、成り行きで渡しただけなんですけどね」

「それでもお手柄には変わりはない」

子供みたいに先生から頭を撫でられる。先生に褒められると、何だかくすぐったい気持ちになる。

「私……自分でも詐欺に遭ってしまったので、吉田さんにも弥生さんにも泣き寝入りしてほしくないなと思ってました」

二人にも幸せになってほしい。私も同じ経験を経て、今の幸せがある身だ。そのままのめり込まずに済んだことは幸せへの第一歩だったのかもしれない。

「そうか。あとは俺に任せろ。そういえば、湯河原からお前が先に退勤したって聞いてた。来ないと思ってたから驚いた」

先生は優しい笑みを浮かべて私を見る。先生ならば、無事に良い方向へと導いてくれるはずだ。

「澤野さんとカフェに行ってきました。旦那さんが俳優さんそっくりのイケメンで、お似合いでしたよ」

「そうか。……澤野は幸せそうだったか？」

先生は自分のデスクの椅子に座っている私に、コーヒーのカップを差し出す。

「はい、とても。澤野さんは旦那さんが大好きなんですね、すごく可愛らしい笑顔で……」

「その笑顔は俺が見せてあげられなかったから、澤野を幸せにしてくれて感謝してる」

澤野さんの椅子に座り、以前の思い出を懐かしんでいるような優しい目で私を見てくる。澤野さんは先生が淡白だと言っていたけれど、学生時代の先生はちゃんと好きだったのでは？　多分、先生は不器用なだけなんだ。

「やっぱり、ヤキモチ妬いちゃいますね。だって、先生も澤野さんもお互いの幸せを願ってる」

「大学の時に付き合ってて別れを切り出されて、それからも友人でいろと言われ、職場も同じで今度は成績争い。元カノの域、超えてるだろ。男だったら親友になれたかもしれないのにな」

先生は早口で語り、話を強制終了した。

「あの……、澤野さんがとても幸せそうに見えて先生に会いたくなりました。お弁当箱も思い出しましたが、それよりも先生と会いたくて……」

「俺も弁当箱を杏沙子の実家に届ける予定だった。顔を見たら帰るつもりだったんだ」

「そうだったんですね。ふふっ、お互い会いたかったんだ。嬉し……」

ダメだ。泣きそう。色んなことがあり過ぎたせいか、ホルモンバランスが崩れてしまい、情緒不安定が色濃く出てしまう。

「また泣いてる。何で？　どうした？」

心配した先生は、私の頭をポンポンと優しく叩く。

「十日間くらいずっと……先生と一緒にいたから、昨日の夜に実家に帰ったら寂しくてどうしようもなくて……。耐えられないな、って思いました」

「俺も同じだ。夜酒も飲まないことにしたし、杏沙子がいないと眠れない」

「でも、今日から五日間くらいはお邪魔できないんです。うぅ、月に一回くるものが早めにきてお腹も頭も痛いし……」

私は勢い余って、気持ちの内の他に体調が悪いことも吐き出してしまう。

「月に一回？　……あぁ、アレのことか」

「俺は来てくれたら嬉しいけど、杏沙子の体調もあるだろうから、落ち着いてからおいで。寝られなかったら電話して。……と言っても、遠慮してかけてこないだろうから俺が二十一時にかける。

それで良い？」

「うぅ、はい。電話で話したいです」

「今日はもう送って行くから帰りなさい」

私は二十六歳とは言ってもまだまだ子供。それに比べて先生は列記とした大人の男性なので器の大きさが違う。

「先生、誕生日の予約は私がするから月末の土日は空けといてくださいね」

事務所を出る前、私はそう言って背後から先生に抱き着いた。

「車は出すよ。楽しみにしてる」

先生はそう言ったあとに、続けて指摘する。

「杏沙子、ずっと気になってたけど首元見えてたぞ。湯河原には気づかれてないようで良かったな」

「澤野さんからも指摘されたし、湯河原君のことも言われました。先生が悪いんでしょ！　自宅では見えないように気をつけます」

「……ココが消えないうちに、泊まりに来られると良いな。次回からは気をつける」

先生は私をからかってばかりいる。いつの日か、私も先生をからかって遊べるようになりたい。

エピローグ

一月下旬。先生の誕生日に合わせて貸切風呂のついた離れの宿を予約した。都心から離れた場所にあり、雪の心配もあるので電車を乗り継いで訪れる。宿の近くの駅からは送迎バスに乗り、十五時少し前には到着。チェックインは十五時からだったが、宿の準備が整っているということで部屋に案内してもらえた。

「本当に離れの宿なんだな」

先生は窓から、外の景色を見て呟く。離れの宿は広大な竹林の中に六棟しかなく、隣の棟との間隔も程よく空いている。平年並みに雪が降るらしく、積もっていた。

「そうなんです。都心からは遠いけど、滅多に来られないなって思って奮発しちゃいました」

私も先生に何かお返しがしたくて、貯金を下ろしてでも一緒に来たかった。離れの宿はシーズン中は予約がなかなか取れないらしいが、冬が降る地域で観光客が少なくなるオフシーズンに入ったためスムーズに取れた。シーズン料金の半額で予約ができて、いつもと変わらないサービスを受けられるなんてお得感満載。

「雪がまた降って来たな」

「雪景色の露天風呂、初めてです」

「夕飯までまだ時間があるから、露天風呂に入ろうか……」

窓から外を眺めていた私の手を引き、露天風呂に誘導する先生。

「み、見ないでくださいね。先に身体を洗いますから！」

「もう何度も裸を見てるけど、それでもダメなの？」

「ダメです、最初から見られたら恥ずかしくて耐えられない」

脱衣場でタオルで隠しながら洋服を脱いでいく私を見て、呆れている先生。

「仕方ない……」

そう呟き、私が身体を洗い終わるのを待ってから、腰にタオルを巻いた先生が洗い場に来た。

「先生はここに座ってください。誕生日だから、私が洗います。優しく洗いますね」

髪の毛を洗ったあとは、丸い形状の身体洗いにボディーソープをつけてモコモコ泡にしていく。

それで先生の背中を擦《こす》り過ぎないように洗う。

「随分と中途半端だな。残りは洗わないのか？」

腕とふくらはぎは洗ったが、顔、胸や太ももと股の間は洗っていない。

「やっぱり……自分で洗ってください！」

洗おうと意気込んでいたのに、いざとなったら照れくさくて触れられなかった。

「俺もお返しに洗ってあげようか？」

「あ、洗ったから大丈夫です……！」

私は先生に腕を捕まれそうになり、逃げるようにして露天風呂の中に入り込んだ。

「杏沙子？　何で、そんなに端にいるの？　こっちおいで？　……来ないなら、俺が行くから」

先生があとから入って来る。初めは少し間隔を空けていた先生だったが、隅っこの方に足を折って三角座りをしながら座っていた私に距離を詰めてきた。

「杏沙子が俺のために、露天風呂つきの離れを予約してくれたから満喫しようと思ってるよ。誰にも邪魔されずに二人きりで過ごせるなんて最高だな」

「……はい」

「ありがとう、杏沙子」

先生は私を引き寄せてキスをしようとしたのだが、ふと避けてしまった。ここでキスをしたら、それ以上に発展してしまいそうになるし……まだ明るいし、一応、外だし……。露天風呂の中だし……。色々と気になってしまい、拒否をしてしまった。

「先に上がります……！」

ざばっと勢いよく上がって、受付で貸し出された浴衣を着る。浴衣は何種類からか選べて、私は黒地に青い蝶が描かれた浴衣を選んだ。着崩れないようにキュッと力強く帯を結ぶ。

「杏沙子？」

私は窓際のソファーに座って、罪悪感を纏いながら雪が降るのを眺めていた。紺のストライプの浴衣を着た先生が、心配そうに私の側に来る。完全に乾いてない下ろしている前髪が色気を醸し出し、先生のスマートな立ち振る舞いに胸がキュンとときめく。

「杏沙子ともっと近くで一緒に入りたかったから無理強いして、悪かった」

私は先生の普段とは違う装いに胸を高鳴らせながら、首を横に振る。

「違うんです、いざ一緒に入ると思ったら変に意識しちゃって……恥ずかしくなってしまいました」

「杏沙子はいつまでも、初々しいな。そこがまた可愛いんだけど」

先生は勝手に先にあがってしまった私を責めるわけでもなく、優しく微笑みを向けてくる。

「外に散策しに行きたいが寒いし、夕飯まで時間があるし、どうしようか。ネットの配信サービスが見られるらしいから、映画でも見るか？」

「はい、そうします」

私は窓際のソファーから降りて、先生と一緒に和室へと移動する。テレビをつけてネット配信サービスから映画を見ようとしたが、雪の影響からかｗｉｆｉが上手く繋がらないらしく途切れてしまって見られなかった。

「見られませんでしたね。離れの宿から歩けば甘味処やバーがあるみたいなんですが、あいにく行けそうもないですもんね……」

「いいよ、杏沙子と二人きりの時間を大切にしたいから。……ちょっと待ってて」

先生は私を置き去りにして荷物の置いてある場所に行き、再び戻って来た。

「ここに座って、少しの間、目を閉じててくれないか」

先生の足の合間に座らされ素直に目を閉じると、手を取られて左手の薬指にヒンヤリとした感触がした。

「はい、目を開けて」

「え……？　伊織さん、これ……」

「いつ渡そうか迷ったけど、今渡したいなと思った。野上杏沙子さん、結婚してください」

S字カーブのリングの真ん中にダイヤモンドが輝いている。ダイヤモンドは花のような形状に散りばめられていて、とても綺麗。畳の上に置かれた白くて小さな正方形の箱には、私の大好きなブランド名が記載されている。

「嫁に来いって言っときながら正式にプロポーズしてなかったから。しかも、杏沙子が喜ぶ顔が見たくてまた同じブランドので、ごめ……」

「伊織さん、ありがとう！」

私は嬉し過ぎて、先生と対面になるように体勢を変え、首の後ろに手を回して抱きついた。

「ほ、んとに……嬉し……です。どうしよ、嬉しくて……涙、止まんない……」

先生の顔を見ながら、嬉しくて泣いてしまう。先生の前だと嬉しくても涙が止まらなくなって、本当に困る。

「また泣いてる」

先生は私の頬に指をあてて涙を拭って、目尻や頬にキスを落としていく先生。目が合うと唇を重ねてきて、舌を捩《ね》じ込まれる。

「んっ、伊織さんの……あたって……」

両足の合間に伊織さんの硬いモノがあたっている。

「無意識で気づいてないかもしれないが、杏沙子の浴衣がはだけて、下着越しにあたってるから余計に反応してる」

伊織さんは、はにかみながら照れくさそうに言った。

「え？　あ、ごめんなさい！」

「無意識に煽ってくるなんて、杏沙子らしいな」

私は先生の上から降りようとしたが阻止される。先生は言いながら、はだけた浴衣を肩から落としブラジャーを持ち上げる。突起に舌を這《は》わされたり、指先で擦《こす》るように弄《いじ》られた。

「浴衣、似合ってる。もっと明るい色を選ぶかと思ったが黒も似合うな。綺麗だよ、杏沙子」

「んぁぁ、あっ」

ちゅうっと突起を吸われ、かぶりつかれたまま突起を舐められる。

「杏沙子、膝立てて。こっちも触ってあげるから」

私に先生を跨がらせたまま膝を立てさせ、ショーツの中に指を忍ばせてきた。

「いつもより、濡れるのが早いな。すんなり指が入った」

「やだ、そういうこと言わない、で……！　あっ、んん」

先生のせいで、自分の身体が言うことを効かなくなる。教えこまれた甘美によって、日に日に卑猥になっていく身体。

「ふぁっ、あっ」

いつもとは違う角度から指を攪拌されて、新たな気持ち良い場所を知ってしまう。

避妊具を準備するために先生の上から一旦、降ろされた。私は先生から与えられる刺激に夢中になっていたため、肩で息をしていた。挿入する準備が整った先生は、私を再び太ももの上に座らせてから立ち膝にする。

「杏沙子の可愛い顔を見上げるのも悪くない。このまま、杏沙子が自分で動いてくれないか」

「え……、でも……どうしたら良いのか分からない」

「ココに腰を下ろせば良い」

先生に誘導されるがまま、先生自身に向かってゆっくりと腰を下ろしていく。

「んん……！」

硬くて大きいモノが自分の蜜壷の中を隙間なく埋めつくした。

「このまま、上下に動いてみて」

「んぁぁ、あっ、あん」

先生に腰を掴まれて上下に動かされる。奥深くまで入っては引き抜かれ、動く度に花芽も先生の身体と擦《こす》れて刺激が加わった。何コレ、すぐに達してしまいそう……。

「伊織さん、もう動かしたら……だ、め」

「もっと見せてよ。杏沙子の乱れてる顔」

先生はそんなことを言いながら、私の首筋に舌を這《は》わせたあと、舌で転がすように突起に刺激を与える。

「やぁ、自分じゃ、ない、みたい……」

「大丈夫、俺だけしか見てない。イクところ、見せて」

「んぁ、あぁ」

私は必死で先生にしがみつき、快楽に耐えた。

「はぁっ、も、ダメ……」

「まだ終わってない」

先生は先に達してしまった私をそのまま押し倒し、両足を持ち上げながら腰を打ちつけてくる。

快楽の大きな波がきて先生にキスをせがむ。舌を絡め合うキスをしながら、私たちは一緒に果てた――

「すまない、また無理させてしまった」

終わったあとに力が抜けて、起き上がれない私を見下ろして先生は呟く。

「先生に愛されてる時に自分が自分じゃないみたいになるのが嫌なだけで、先生の温もりは大好きです」

そしてふふっと笑いながら、こう付け足す。

「ついでに言うと私のためにあれこれ検索してショップに出向いてくれることや、私だけが見られる先生の艶っぽい顔が好きです」

「俺は杏沙子の可愛らしい行動とか生意気な言動とか、俺だけに向けられる笑顔や快楽に耐えてる顔とか、もっと他にも沢山あるけど、とにかく全部が好きだ」

先生は私の頬を愛おしそうに撫でながら、見つめてくる。

「……なので、生涯のパートナーとして側にいてください」

「はい、私からもお願いします。ずっと一緒にいてください」

私は起き上がって、先生の背中に抱きついて温もりを確かめる。

「……先生と離れて暮らすのが寂しくなってしまいました。正式に引っ越しても良いですか？」

「あぁ、杏沙子の気が変わらないうちにおいで」

「きゃ……！」

先生は私に微笑みかけると、私を抱き上げた。

「今度は一緒に入ろう。もう恥ずかしくないだろ？」

「恥ずかしいものは恥ずかしいんです！」

「ここにいる間は杏沙子のことしか考えないことにするから」

「答えになってないです！」

トラウマの呪縛から解放された先生は、私にだけ過保護で甘い。毎日のように甘く蕩《とろ》かされて身がもたなそう。

過保護で甘い先生だけれど、少しずつ扱いには慣れてきた。、少しずつ扱いには慣れてきた。健やかなる時も病める時も、これからもずっとあなたの側にいたい――

番外編　純情ＯＬに一途に溺愛されています

「ほら、見てください！　綺麗でしょ」

我が瀬山法律事務所の事務員、野上杏沙子は浮かれていた。

先日、温泉旅館に宿泊した時に彼女にプロポーズして以来の出勤日。杏沙子は仕事開始前の事務所で、左手の薬指に嵌《は》めた婚約指輪を湯河原と澤野に見せながら騒いでいる。

「わぁ！　デザインが可愛いね。やだ、これ、瀬山君が選んだの？」

澤野が婚約指輪を見てから俺のことを見てくる。どうせ、柄でもないなどと言うつもりに違いない。どんな返事が来るのか？　という湯河原の期待じみた視線も感じる。

「店員が勧めてきたのを購入しただけだ」

三人の会話に混ざりたくないので、淹れてもらったコーヒーを飲みながら仕事に取りかかった。

「相変わらず、素直じゃないね」

澤野がクスクスと笑い出すと湯河原まで苦笑いをしていた。小さな事務所の職場恋愛だと、ここまで辱めを受けるのかと思い、急に恥ずかしくなる。

「そういえば、瀬山君と杏沙子ちゃんって知り合ってまだ日が浅い気もするけど……。ふふっ、あの淡白な瀬山君が結婚したいと思うほど、杏沙子ちゃんが大好きなのね」

「澤野さん、先生は常に野上さんを気にしてましたよ。目線もそうですけど、男性社員が不在の時は事務所の鍵を閉めることとか、そのほかにも色々」

「そうなんだ。杏沙子ちゃんはいっぱい愛されてるのね」

聞こえないふりをして仕事をしているが、実は全部聞こえている。澤野と湯河原は言いたい放題なので、あとでからかって仕返ししてやろう。杏沙子はそんな二人の話を聞きながら、頬を赤らめてこちらを見ている。視線が合うと、お互いに気まずくなり逸らす。

湯河原が言っていた鍵の件は、事務所に男性が不在の時は杏沙子が女性一人になってしまい不安だから入口に営業時間外の札を下げて、鍵を締めておくように伝えてあった。現在は澤野も事務所の中に在籍しているので、杏沙子が完全に一人になることはない。鍵の件に関しては杏沙子に限ったことではなく、万が一澤野が一人きりの時もそうするよう指示してある。

些細なことでも不安になるのは、自分のせいで元婚約者に怪我を負わせてしまったからだ。本来であれば、付き合うことすら避けるべきだったのかもしれない。今でもまだどこかでそう思ってしまう。

現在、我が事務所が請け負っている業務内容はニュースになるような事件の弁護ではなく、債務整理などの比較的、他人から恨みをかわない案件だ。以前は両親が経営する大手弁護士事務所に在籍していて、業務成績も争っていたためにどんな案件でもこなしていた。それこそ、毛嫌いされている医療事故などでも、勝訴こそが人生の全て。

しかし、逆恨みした被告人の母親が自分のことを調べて、元婚約者に怪我を負わせた。それからトラウマになり、両親が経営している事務所を辞めて独立することになる。

周りを巻き込む可能性を視野に入れて、請負う案件には制限をかけた。しかし、債務整理等の案件だけでは杏沙子と湯河原を養えない。そのため、結婚詐欺の案件も引き受けることにしたのだが、とにかく杏沙子のことが気がかりだった。元婚約者のように、俺と関わったせいで杏沙子が巻き込まれてしまうのではないかと考え出したらキリがない。

杏沙子の気持ちに気づかないほど、俺も鈍感ではない。俺自身、杏沙子が初めて事務所に来た時から惹かれ始めていた。弁護士一家で育った俺の周りには、杏沙子のように少しおっちょこちょいで可愛らしく、優しい雰囲気のある女性はおらず、年甲斐もなく胸が高鳴ったのを覚えている。

日に日に惹かれていくのが怖かった。区役所に勤めているのにわざわざ辞めて働きたいと言い出した杏沙子。諦めてもらうために、安定した区役所を辞めない方が良いと勧めたが、杏沙子は聞く耳もたず一緒に働きたいと一週間も粘られたので根負けした。

事務員を探していたのは本当だが、あの時に杏沙子に話さなければ、現在の俺たちの関係はどうなっていたのだろう。

「今日の夕食は何がいいですか？」

抱えていた案件が無事に片付き、今日も定時で上がれた。独立してからは仕事をセーブしていることもあって、大手事務所時代のように遅くまで残業したりはしない。現在は仕事帰りに杏沙子と二人でスーパーに買い物に来ている。

「和食がいいな。今日は魚が食べたい」

「お魚ですね。何にしようかなぁ？」

杏沙子は買い物カゴを持ちながら、鮮魚のコーナーをじっと見ている。背後からそっと見守っていたのだが、バタバタと小走りをする足音が近づいてきた。

「あら！　先生に杏沙子ちゃんじゃないの。二人で仲良くお買い物？　いいわねぇ」

近づいて来たのは、ことあるごとに事務所に訪れる渡辺さんだ。

「はい、夕食の買い物です」

「うふふ、新婚さんみたいね」

「近いうちに入籍するんです」

「おめでとうございます！　二人はやっぱりそういう関係だったのね。お祝いしなきゃねぇ〜」

渡辺さんの問いに、ありがとうございますと素直に答える杏沙子。渡辺さんはニヤけながらじっとこちらを見て、背中を叩くと去って行った。

「あぁ、明日には広まるな」

「そうですね。でも広まっても構いませんよ。私は伊織さんと結婚することを言いふらしたいくらいですから」

渡辺さんの連絡網で、町内に素早く広がるのは間違いない。それはそうと杏沙子が、はにかみながら笑っている。恥ずかしげもなくさらっと言ってしまうところが、素直で可愛い。

夕食の買い物が済み、マンションまで歩いて帰る。

「寒くなってきましたね。明日は都心でも雪が降るみたいですよ」

淡いグレーの手袋をしている杏沙子と手を繋ぐ。手袋ごと冷え切っていて、今にも雪が降りそうなくらいに気温が下がっているのが分かる。

「雪か。近いから通える距離だけど、杏沙子が転ばないか心配だな。何せ、出会いが自転車転落事故だったから」

「そんなことを言ってて、自分でも雪で足元取られないように気をつけてくださいね！」

ムッとしている杏沙子が下から睨みを効かせてくるが、全然怖くない。

プロポーズしてからずっと、杏沙子はマンションに入り浸っている。ご両親の許可も得て必要最低限の荷物は運んであるし、同棲しているのと同じだ。

「寒いから鍋にすれば良かったかな？」

「残念ながら、うちには土鍋がない」

それに、土鍋の代わりになるような大きな鍋もない。

「そっかぁ。でも、マンションの更新時期が来たら引っ越しするかもしれないし、なるべく物は買わないようにしましょう」

「そうだな。子供のことも視野に入れて準備を進めていかないとな」

現在のマンションの間取りだとリビングも狭い。１ＬＤＫなので子供部屋もない。

「子供かぁ。周君、とても可愛いですもんね。伊織さんが子供が欲しくなる気持ちも分かります！」

澤野の一人息子、周は自分には懐かない。今年小学校に入学したばかりの一年生だが、学童保育に入れなかったので、小学校まで杏沙子が迎えに行き、うちの事務所で澤野の仕事が終わるのを待っている。杏沙子には懐いていて可愛く思えるのだろうが、周は何故か俺には敵意を向けてくる。

「周の敵意が剥き出しなんだが……」

「え？　そんなことないですよ。周君は湯河原君にも懐いてますし、伊織さんのことも好きですよ？」

杏沙子は否定するが信じ難い。

「そうか？」

「はい。周君もお母さんと先生みたいな弁護士になりたいって言ってます」

そう言われて悪い気はしないのだが、周だけではなく、他の子供の相手も苦手だ。自分が無愛想だから寄って来ないのもあるけれど。

「ふふっ、うちの子もそんなこと言うのかなぁ」

嬉しそうに笑う杏沙子を真上から見下ろす。

「気が早いな、杏沙子は」

「え？　あ、そっか。まだ結婚もしてないですもんね」

入籍日をいつにしようかと考えている。来月、二月に杏沙子の誕生日があるのでその日にするかどうか。

「結婚したら、家族計画も立てよう。子供は何人欲しいとか考えたり、マイホームはどうするかとか……だいたいの目安はあったほうがいいだろう」

「そうですね。でも、結婚する前に……いや、やっぱり何でもないです」

杏沙子は遠慮しているのか、口を閉ざした。

「何だ？　遠慮なく言ってみろ」

「……えと、もう少しだけ、恋人期間も楽しみたいな、って思って。あっ、でも、結婚したって赤ちゃんできるまでは二人きりだから同じ……かな」

小さな声で聞き取りづらかったが、杏沙子はまだ恋人同士でいたいということだろう。

「分かった。結婚してもしばらくは避妊しよう」

杏沙子のことを見下ろしながら答えた。

「ち、違う……！　いや、違わない？　でも、そういうことじゃなくて……！」

こちらを見ている目が真ん丸になり、顔も赤く染まっていく杏沙子。少しからかうだけでこうして慌てている姿が何とも愛おしい。

「知ってる。まだ恋人のような関係を続けたいんだろ？」

「もう、分かってるなら最初から避妊とか口に出さないで！」

「しなくてもいい想像を関連づけて頬を染めたのはお前だ。しかし、俺の言ったことも間違いではない」

「はいはい、そうですよね。余裕たっぷりで憎たらしい性格は三十三歳になっても変わりませんでしたね！」

しまった。ついからかいすぎてご機嫌ななめにしてしまった。

「杏沙……」

「私は結婚してからも、休日にデートに出かけたりしたいなって思って。特別、遠出とかしなくてもいいからドライブしたり、約束していたバーにも行ってみたいんです」

柔らかい笑みを浮かべて、こちらを見ながら話しかけられる。先程までは不機嫌だったのに、この切り返しはないだろう。悪かったと謝ろうと思ったのだが、そんな必要もなさそうに、ニコニコしている。からかうはずが、最終的には自分の方が沼に落ちたというわけか。

「任せておけ。杏沙子の願いは俺が全部叶えてやる」

遠ざけてしまった分も含めて、杏沙子の行きたい場所に行き、したいことをしてあげたい。苦手だった外でのデートも、杏沙子と二人なら楽しい。ショットバーだけではなく、杏沙子が気になっているカフェ巡りをするのもいい。希望することは全て、叶えてあげたい。

「え？　急にどうしたんですか？」

杏沙子はキョトンとしている。

「俺の負けだ」

「……？　よく分かりませんが、私は先生と過ごせたらそれだけで幸せです」

照れくさそうにそんなことを言われる。完全に敗北である。一生かかっても杏沙子には勝てる気がしない。

＊＊＊

二月二十五日は杏沙子の誕生日である。杏沙子からは誕生日にどこかに連れて行ってほしいとか、何が欲しいなどのリクエストはなかったため、どうしたら喜ぶのかを自分で考えなければいけなかった。そして、誕生日に入籍しようと提案すると……

「大切な結婚記念日が私の誕生日と重なるなんて嫌です。もっと別な日にしたいです」

そう言われて断念した。喜ぶかと思ったのだが、杏沙子は二人だけの記念日を作りたいらしく、また別の日を探すことに決定する。

「わぁ！　お部屋からも夜景が見えましたが、ここから見える眺望は格別ですね」

ちょうど土曜日で事務所が休みだったこともあり、杏沙子の誕生日はエグゼクティブフロアがあるシティホテルを予約した。夕食はルームサービスを利用し、現在は最上階にあるバーに来ている。

夜景が眺望できる個室ペアシートの予約が取れた。杏沙子と二人きりでシャンパンのボトルをオーダーして、ゆったりとした時間を楽しんでいる。

「伊織さんは、こういうペアシートに座ったことありますか？」

「いや、初めてだ」

「そっかぁ。伊織さんの初めてって何かうれしいなぁ」

二杯目のシャンパンを飲んでいる杏沙子は、既に酔いが回り始めてふにゃふにゃしている。本当はバーのカウンターにしようと思ったのだが、本人が思っているよりも酒が弱く、酒癖も悪いためにやめておいた。杏沙子は終始にこにこしていて嬉しそうだが、これ以上飲ませるのは危険。ルームサービスの時は冷たい烏龍茶で我慢させたが、シャンパンではなくアルコール濃度が低いカクテルにするべきだったかもしれない。

「せんせは……彼女、さわ……のさんとはどーゆう誕生日を過ごしてましたか？」

シャンパンの入ったグラスを持ちながら、身を乗り出してくる杏沙子。酔うといつもの名前呼びから先生呼びになってしまう。

「誕生日は学生だったから、一緒に食事したりカラオケ行ったりしただけ」

「こん、やくしゃさんは？」

「元婚約者とは誕生日まで一緒に過ごしてない」

杏沙子は次々に質問してくるが、寝て起きたら忘れているかもしれない。付き合うようになってからは、隠しごとはしたくないので素直に答えている。

「そのほかの彼女は？」

「高校の時に一人だけいたけど、すぐ振られたから一緒に過ごしてない」

過去を振り返れば、実は一番長い付き合いだったのが澤野だ。それでも二年くらいしか続かず、高校時代に至っては三ヶ月。澤野も高校時代の彼女も、向こうから言い寄られて振られた。どちらも理由は言われなかっただが、杏沙子に『先生と一緒にいるのが辛い』と言われたことがあるので、きっと同じような理由かもしれない。

澤野からも、付き合っていた当初、『瀬山君って何ごとにも淡白だよね。勉強以外に興味がないというよりも女の子に興味がないみたい』と言われたことがある。確かに高校と大学在籍中も弁護士になるために目下勉強中で、自分から好きになれる女性を探したりたりもしなかった。

そのあとに現れたのが元婚約者だが、杏沙子みたいにふんわりとしていて可愛い女性。杏沙子と同じように意志が強く、気遣いのできる女性だった。杏沙子を見た瞬間、一瞬だけ元婚約者の女性の姿が脳裏に浮かぶ。しかし、思い出したのは全体的な雰囲気と髪型だけ。どんな顔と声だったのかは、もう思い出せなかった。当時は好きだと思っていたけれど、結局そこまでは深入りしてなかったのかもしれない。

杏沙子に初めて会った時に自覚したのは、自分が彼女のようなタイプが好みだということ。こちらをじっと見つめてくる愛らしい瞳に釘付けになりそうだった。

「みんなとキス、しましたか？」

「全員じゃない」

「私は……ふふっ、元彼と先生だけ。せん、せの方が付き合い短、いのに……キスもエッチも回数、多いの……」

杏沙子は酔うと不必要なことばかりを口に出してしまう。杏沙子を騙した奴は純粋に金銭が目当てで、本人には興味がなかったわけか。杏沙子に触れなかったのは、不幸中の幸いだった。

しかし、元彼の話を本人の口から聞くといい気はしない。胸の奥がチクチクする。澤野が元カノだと知った時の杏沙子の心も同じように痛かったはず。今頃気づくなんて、俺は大馬鹿者だ。

「わた、し……せんせに愛され、てますか？」

舌っ足らずな話し方をしながら、ぴとっと腕を絡ませてくる。とろんとした瞳の上目遣いでじっとこちらを見てきて、唇は半開きだ。

「愛してるよ、杏沙子だけを」

俺にとって、杏沙子が特別な存在だと気づいたのは、出会ってから一ヶ月の頃――

＊＊＊

元婚約者が歩道橋から落とされた事件直後から夢見が悪くなり、いつしか寝る前に強い酒を飲んで気絶するように眠るようになった。しかし、杏沙子に出会ってからというもの、雰囲気が似ているせいか元婚約者の事件のことが夢に出てきてしまう。そのため、昼間が眠くて仕方ない。朝も自宅を出る時間ギリギリまで寝てしまうので、身なりを整える間もなく、特に髪型は適当に手櫛でセットしていた。

「先生……？　起きてください！　私は帰っちゃいますよ」

椅子の背もたれに寄りかかっていつの間にかに寝ていた俺は、定時の時間が過ぎた杏沙子に起こされるが瞼が重くて開けられない。杏沙子は事務所の経費がかさむのも気をつけていて無駄な残業はせず、自分の事務作業のノルマをこなしたあとは事務所内外の掃除に力を入れてくれていた。

「先生！　起きてください」

「何だよ？」

うっすらと目が覚めたが、すぐ側には杏沙子がいた。

「スマホの着信が何度も鳴ってましたよ。もう定時を過ぎたので私は退勤しますね」

「……あぁ、もうそんな時間か」

「目覚めのコーヒーを淹れたので飲んでくださいね。では、お疲れ様でした」

杏沙子が帰った事務所の中は、自分一人なので静寂が漂っている。ぼんやりとした頭で、壁掛けの時計を見ると二十時を過ぎていた。杏沙子の定時よりも二時間もオーバーしている。いつもなら、定時を過ぎたらすぐに上がるはずなのに。

いや、杏沙子のことだから理由もなく残業はしない。ふとタイムカードを見ると十八時三分に退勤が押してある。……となると、考えられのは俺が寝ていたため、起きるのをずっと待っていてくれたことになる。寝ている者など放っておいて帰宅すれば良かったのに。

翌日、何ごともなかったかのように出勤してきた直後の杏沙子に問う。

「昨日、待ってなどいないでさっさと帰宅すれば良かっただろ？」

違う。言いたかったのはこんなことではなく、『待っていてくれてありがとう』のはずだ。それなのに、素直になれずにこんな言い方をしてしまう。

「ちゃんと退勤したあとだから、休憩しながら居座ろうと問題ないはずですよ？」

杏沙子は少しだけ、ムッとしたような顔つきをしながら言葉を返してきた。

「そうだが、起こしても起きない奴を待っているのは時間の無駄だろう。野上にとって、何のメリットもない」

「メリットならありましたよ。先生の寝顔が見られました」

そうニコッと笑って返してきたかと思えば、続け様に、

「それから先生が寝ている間に新規のお客様やクライアントの誰かが訪ねて来るかもしれませんから、スマホを見ながら留守番していただけですよ。仕事は一切してませんから、先生に注意をされたくないです」

こうしてきっぱりと自分の意見を主張してくる。

「そんなことはどうでもいい。勝手に遅い時間まで事務所にいて、夜道を歩くな。事件に巻き込まれたらどうするんだ」

話さなくてもいいことを自然に口に出していた。杏沙子には関係のないことなのに。

「事件？　だって、私の家は歩いて十分で着きますよ？　それにその距離で事件に会うとしたら余程、私が不運なんでしょうから諦めます」

杏沙子も特別詳しい内容は聞いてこない。この時はまだ聞かれても答えるつもりはなかったので、胸を撫で下ろす。

「そんなことを二度と言うな。とにかく、仕事帰りに夜道は歩くな。絶対に、だ」

「分かりました。ごめんなさい」

バッグを椅子の上に置いた杏沙子は、コーヒーを淹れるためのお湯を沸かしに行く。

「はい、お待たせしました」

淹れ立てのコーヒーが届いたが落ち込んでいるのがよく分かる。

「……野上がいなくなったら、淹れ立ての美味しいコーヒーも飲めなくなるからな」

自分のせいで傷つけていることを自覚し、ボソッと呟く。少しでも杏沙子の気が晴れると良いのだが……

「私はいなくなりませんし、何なら定年までコーヒーを淹れ続ける気持ちで勤務してます」

そんなことを言われても困る。

「……ここで働いていたら出会いもないかもしれないんだぞ。一生、独身でも良いのか？」

少しだけ間を置いてから答えた。

「わ、私には素敵な出会いがありましたけど……！」

この言葉にドキッとしてしまった。自分との出会いを指しているのだとしたら、受け取ることはできない。元婚約者のように怪我を負わせたくない。

「俺は子供に構って遊んでる暇はないんだ。男探ししたいなら、他の場所で働け」

「分かりました！　その時はそうします」

突き放す言葉しか浮かばず、自分が最低な人間だと思い知る。

「いや、その前に仕事を一人前にこなしてからにしてくれ。教え損はしたくない」

自分で突き放したくせに、杏沙子に突き放されるのは嫌だなんて、とんだわがままだ。

「何だかんだ言って、私のことが必要なんですね」

「そう思うのは個人の自由だ」

気づけば、また素直じゃないことを口に出していた。理由も教えずに夜道を歩くなと叱りつけてしまったのが悔やまれる。この時には既に杏沙子に惹かれ始めていた。夜道に過剰に反応してしまい、杏沙子は同じ目に合わせたくないと強く願った。この時に特別な感情を抱いていることを自覚する。

杏沙子を手に入れたいのに、臆病になってしまう自分が憎らしかった。杏沙子を失うことばかりを考えて、一歩を踏み出すのが怖かった。

どうして、真っ先に守り抜こうと考えなかったのか。理由も言わずに夜道や施錠の件を押しつけて、守っているつもりでいた。これからは不条理な押しつけではなく、自分の手で守り抜く。その覚悟はできている。

＊＊＊

結局、杏沙子は一時間弱寝てしまう。こちら側に倒れ込み、まるで飼い猫みたいに安心しきって膝の上に頭を乗せて寝ていた。妹の果凛の酒癖は最悪レベルで対処に困ることがあるが、杏沙子はとても可愛くて、この姿は誰にも見せたくない。特に男性には見せられたものではない。杏沙子の場合は少し寝れば酔いも覚めるみたいなので、時間の限りはそのまま寝かせておくことにした。

真上から杏沙子を見下ろして、髪を撫でる。睫毛が長くて、ほんのりと赤みがある艶やかな唇をしている。

「せん、せ……、ずっといっしょ……」

しばらく杏沙子を見つめていると、可愛らしい寝言を言い出す。また何かを言い出すかと思って待っていたのだが、そのあとは何も言わなかった。

「んっ……、あれ？　寝てましたか？」

バーボンのロックをゆっくりと堪能しながら、起きるのを待っている。すると、ふとした瞬間に目を覚ました杏沙子と目が合った。

「一時間くらい寝てた。起きなかったらどうしようかと思った」

「ごめんなさい！　せっかくのペアシートが……！」

慌てている杏沙子は申し訳なさそうに謝る。

「気にするな。あと三十分あるから、ノンアルコールカクテルでもオーダーしようか」

「本当にごめんなさい！　甘くて美味しいのをお願いします」

罪悪感に囚われて落ち込んでいる杏沙子を抱き寄せる。

「大丈夫、想定内だ。まだ時間はあるから楽しもう」

「想定内？」

「杏沙子に飲酒させると陽気になって飲みすぎて二日酔いになるか、寝るかのどちらかだと分かってたから。カウンターだと寝てしまうと困るから、ペアシートにしといて良かったな」

杏沙子は満喫できなくて不満かもしれないが、俺にとっては最高の時間だった。膝の上に頭を預けて寝ている杏沙子をただ眺めて過ごすというだけの時間は、日々の疲れを癒してくれる。慌ただしい毎日のご褒美でしかない。

「いつの日か、伊織さんみたいに格好良くカウンターで飲めるようになるまで待っててくださいね」

杏沙子は両方の拳をギュッと握って、決意を露《あら》わにする。

「気合いだけは充分だな」

「私も澤野さんや果凛さんたちみたいな格好良い女性になりたいんです。二人は私の憧れです」

「断る。杏沙子も仕事の鬼みたいになられたら癒しがなくなるから、今のままのポンコツでちょうどいい」

「な、何ですか！　ポンコツだなんてひどいですよ。私だって本気を出せばなれないこともな……」

杏沙子が握った拳でふざけながら軽く殴ってきたので、両腕を掴んだ。

「杏沙子は変わらなくていいんだ。ずっと今のままの杏沙子でいてほしい」

「……伊織さん」

目が合って、お互いが自然に唇を重ねようと顔を近づける。

「失礼致します。ノンアルコールカクテルをお持ち致しました」

唇が重なりそうな瞬間にノンアルコールカクテルが届いてしまい、慌てて何事もなかったかのように身体を離す。

「クランベリーキューティーでございます」

クランベリージュースにレモンの絞り汁等を加えたさっぱりとした味わいのノンアルコールカク

テル。カクテルグラスのふちにはグラニュー糖がまぶされていて、見た目にも鮮やかだ。

「び、びっくりしましたね。慌てちゃいましたけど。でも、カクテルと一緒に写真も撮ってもらえて良かった」

バーテンダーが行いを見ていたかどうかは定かではないが、『そろそろ終了のお時間が近づいてまいりましたので、記念にいかがですか？』と記念写真を勧めてきた。慌て気味の杏沙子だったが、こういう時はすぐに冷静になってスマホを手渡すさまは流石である。

「ふふっ、伊織さんが素敵です」

そんなことを言いながら、コピーした画像を切り抜いて待ち受け画面にしようとしていた。杏沙子と交際を始めてから、多大なる愛を受け取っている。以前までの控えめな態度ではなく、あからさまに大好きオーラが飛んできて恥ずかしくなるくらい。

「それは無理だからやめて」

杏沙子に注意しても聞こえない振りをしているのでスマホを取り上げようとした時、メッセージが届く。

『杏沙子、お誕生日おめでとう』

スマホのロック画面にメッセージが表示される。アイコン横に表示された名前はＨＡＹＡＴＯ。

『誰と過ごしてるの？　俺は杏沙子とよりを戻したい』

次々に短文で送られてくるメッセージの一文に見てはいけないものを見てしまい、気まずさから杏沙子にそっとスマホを返す。

「あっ、これは元彼ですね。何で今頃……」

杏沙子は届いたメッセージを開いて見もせずにスマホを裏返してテーブルに置き、ノンアルコールカクテルを飲み干した。心の中がざわざわする。先程のキスの話に引き続き、メンタルのバロメーターを減らされた気がする。


「伊織さん、素敵な時間をありがとうございました。夕食もシャンパンもノンアルのカクテルも全部美味しかったです。ラグジュアリーなホテルに宿泊させてもらって一生の思い出にな……」

ペアシートのチャージは二時間までしかできず、時間終了後は客室へと戻ってきた。杏沙子は戻るなり、深々と頭を下げてお礼を述べてきた。

「一生の思い出とか言うな。来年も再来年も、ずっと……連れて来てやる。それにまだ、誕生日は終わってない」

「え？　あ、ちょっと……！」

杏沙子を抱き上げたまま連れて行き、ベッドに下ろした。

「……ん！」

唇を強奪して押し倒す。杏沙子はキスだけで、目がとろんとして甘美を帯びた顔になる。

「元彼、何て言ってた？」

「み、見てません！」

杏沙子には自分だけだと分かっているくせに、気持ちが落ちつかない。心の中が醜い嫉妬で埋め尽くされていく。

「何で見ないんだ？　俺に遠慮なんてしなくていいんだぞ」

杏沙子の合意も得ないうちに杏沙子のトップスを脱がせる。露《あら》わになった可愛らしい薄いピンクの下着をまくりあげ、乳房に指を伸ばしていく。身体の線が細くて華奢なくせに、着痩せしているのか胸にはボリュームがある。

「え、んりょ……あっ、じゃなく、て……見たくないいから。い、おりさんといっ、しょなのに……んっ、元彼から、の連絡なんて、じゃ、まなの」

杏沙子の乳房に舌を這《は》わせ突起を刺激していくと、すぐに硬くなり上向きになる。

「俺も杏沙子と別れたら、邪魔って言われるのか」

スカートをめくりあげ、ショーツのクロッチ部分をずらして指を滑らせる。杏沙子の蜜口は既に湿っていて、すんなりと指を飲み込んでいく。

「あっ、んんっ、言わ、ないし……！　別れない！」

杏沙子の顔が快楽に耐えていて、唇をきゅっと噛んでいる。攪拌すると甘い声が漏れていき、次第に淫らになっていく杏沙子の身体。こんなにも可愛い杏沙子の姿を一番最初に見て、初めてを奪っていっただなんて許せない。杏沙子に精神的なダメージを追わせ、それでも尚、自分の私利私欲のために連絡をしてくる。そんな身勝手な奴が杏沙子と六年間も一緒にいたのか。

「あっ、やぁっ、伊織……さん！」

避妊具を着けたあと、杏沙子の中に自分自身を埋め込んでいく。

「はぁ、もっと……ゆっくり、して。ちょっ、と……んんっ、強い」

埋め込んだあと、杏沙子の腰骨を掴んで腰を前後に動かした。強い刺激に耐えられなくなった杏沙子は、目に涙を浮かべた。

「悪かった。スマホに届いたメッセージがたまたま見えてしまって……年甲斐もなくヤキモチを妬いてしまった」

杏沙子の一言で我に返り、腰の動きを一旦止める。素直に心の内を話して、杏沙子の涙を拭った。

「ヤキモチ妬くことなんて何もないですよ？　今では元彼の何が好きだったのかさえ、思い出せませんから。私は伊織さんしか好きじゃないんです。大好き、伊織さん」

杏沙子に優しく微笑みかけられて、両腕を首の後ろに回されてキスをせがまれる。そんな可愛い行動をされたら、繋がれたままのアレが更に大きくなってしまう。

「あっ、んぁっ、あぁっ」

とめどなく溢れてくる杏沙子の甘い声が、部屋中に響いていく。首筋や突起に唇を触れさせながら、杏沙子の奥底をゆっくりと攻める。とろとろで暖かい。やがて、杏沙子の中が締めつけてきて耐えきれずに欲を吐き出した。杏沙子は行為のあと、乱れた着衣を直している。余裕がなくて洋服を脱がすことさえできなかった。

「ごめんな、無理やり抱いて」

そう言いながら、杏沙子にペットボトルの水を渡す。

「私は伊織さんがヤキモチ妬いてくれて嬉しかったですよ」

杏沙子は左右に首を振ってから返事をしてきた。そんな可愛いことを言われたら、またすぐに杏沙子を独占してめちゃくちゃに抱いてしまいたくなる。

乱れを整えた杏沙子は浴室に行く前にスマホを手に取って、元彼のメッセージを確認していた。

「よりを戻したいだなんて、何を考えてるんでしょうね」

「さぁ？」

杏沙子本人には言わないが、現在の恋愛が上手くいかず杏沙子の方が良かったと思い返したか、押せば情の深い杏沙子のことだから戻ってきてくれると思ったか……。どちらにしても杏沙子のことを思ってよりを戻したいわけではなく、私利私欲のために違いない。

「弁護士さんと付き合っていると送ったら、騙されてるんじゃないの？　と言われました。伊織さん、私……騙されてるの？」

杏沙子は元彼からの即レスに困り果てている。

「本気で言ってるのか？」

「言ってません。伊織さんにこんなにも愛されてるのに、これで騙されてるんだとしたら人間不信になりそうです」

杏沙子は立ち上がって、俺のことを抱きしめてくる。時として不安気な顔をするのは、元彼に振られた時の後遺症なのか？　もう、そんな顔は二度とさせたくない。

「これから先もずっと、俺が愛しているのは杏沙子だけだ。杏沙子は誰にも渡さない」

華奢な身体を力強く抱きしめ返す。杏沙子が俺の胸板に顔を埋《うず》めた時、手に握りしめていたスマホから着信音が鳴る。メッセージアプリからの無料通話の着信音が鳴り響き、抱きしめている腕を緩めた。

「元彼です。返事返さなかったから……」

一度途切れた着信音は二度、三度と繰り返しかかってくる。杏沙子はどうして良いか分からないのか、電話に出ることを躊躇《ためら》っているようで、ただひたすらスマホを握って着信画面を見ているだけ。

「貸して」

杏沙子からスマホを奪い取り、通話を押した。

『杏沙子？　聞いたよ、詐欺グループに騙されかけたって。それなのにまた弁護士の彼氏だなんて、どうかしてる』

スマホ越しに聞こえてくる声は、鼻にかかった柔らかさがある声で、想像するに杏沙子のようにふんわりとした印象で爽やかな好青年のような気がする。もしかしたら、自分なんかよりもお似合いなのかもしれない。しかし、杏沙子のことは手放すつもりはない。

「瀬山法律事務所の代表弁護士の瀬山伊織と申します。野上杏沙子は従業員でもありますが、近々、私の妻になります。それ以上に必要な確認事項がありましたら、遠慮なくどうぞ」

『え？　弁護士さん、本物？』

「はい、以前は海外にも活躍の場を広めようとカリフォルニア州の弁護士会にも登録はしていたのですが、現在は日本のみです。杏沙子のことは幸せにすると約束するので、金輪際、連絡はしないでいただきたい」

『……わ、分かりました。最後に杏沙子に代わっ……』

プツッ。

「通話が切れた。かけ直すか？」

本当はわざと切った。杏沙子には、これ以上元彼と話してほしくないから。

「ううん、かけ直さなくていいです。それより、ありがとうございました。伊織さんが代わりに話してくれたから、話さずに済みました」

杏沙子自身も安心したみたいで、自分もほっとすることができた。

「もうかかっては来ないだろう。さて、風呂に入るぞ」

「きゃっ！　い、一緒には入りませんって」

杏沙子を抱き抱えて、浴室まで連行する。

「今日はダメだ。一緒に入るまでが、誕生日のプランに入っている」

「入ってないですって」

「自分で脱げないのなら脱がしてやろうか？」

颯爽とシャツを脱ぎ、杏沙子の洋服に手をかける。

「うっ、……脱げます、脱げますから脱がそうとしないで！」

「先に入ってるからな、すぐに来い」

杏沙子を脱衣所に置き去りにして、浴室へと入る。身体を洗い終えてジャグジーに浸かっていると杏沙子が浴室へと入って来た。身体を洗っている姿を見ないように背を向けて、窓の外に目を向ける。

「伊織さん、浴室からも夜景が見えるんですね。非日常の空間に来たみたい」

全身を洗い終えた杏沙子がジャグジーの中へ入ってくる。恥ずかしそうに背を向けていたので、自分の方へと引き寄せた。

「ちょっと！　この体勢、やだっ」

脚の間に杏沙子を座らせる。

「見えないからいいだろ？」

そう言うと杏沙子は大人しくなり、背後から覆い被さるように抱きしめた。

「非日常と言えば、新婚旅行はどこに行きたい？」

「新婚旅行？　今まで考えたこともなかったですね。そういえば、さっき……カリフォルニア州の弁護士登録がどうとかって言ってましたけど？」

「あぁ、あれは大学卒業後に単身でカリフォルニア州の弁護士資格を取り、あっちで働いていたのだが、クレピスで働くようにと言われて日本に戻ってきたんだ」

「え？　働いていたんですか？」

「三年くらいか？　その後にクレピスで働き、元婚約者と出会ったんだ」

「そうだったんですね。だから、向こうの弁護士登録についても知ってたんだ？」

「まぁな、そんなとこ」

杏沙子が冷静に話してくれるので、自分も穏やかな気持ちでいられる。

両親の経営するクレピス法律事務所を辞めてから、自分の経歴はごく簡単なものしか出していない。もちろん、クレピスの名も出さなければ、渡米していたことも伏せてある。同じ業界の者や湯河原はもしかしたら知り得ている情報かもしれないが、事務所のホームページを見ただけの杏沙子には分からなかっただろう。これからも今までの経歴は公に出すつもりはない。現在の事務所の案件は大規模なものは受け入れしないようにして、杏沙子を事件に巻き込んだりしないようにしたい。独身なら良かったのだろうが、いつどこで何があるか分からないため、控えめにしておくのが得策だろう。

杏沙子の他に家庭を持っている澤野も増えたのだから、恨みを持たれない方がいい。弁護士資格を取得した湯河原が今の事務所では物足りないと思った際は、他に行くように促すつもりだ。その方が湯河原も飛躍できるだろうから……

「伊織さんはすごい経歴の持ち主だったんですね。私なんて釣り合わなくないですか？」

杏沙子は不安気に聞いてくる。

「そんなことはない。経歴など関係なく杏沙子を愛したい。杏沙子は仕事も立派にこなしてくれるし、果凜と違って美味しい手料理も作ってくれる」

「わぁ……！　伊織さんに立派と言われました」

「まぁ、ミスは置いといてだ」

「それ、実際には立派とは言わないんじゃ……」

感情の揺れが激しい杏沙子。意地悪を言ったことを反省する。

「つまり、仕事と人生のパートナーとして、両方必要な存在だ」

杏沙子の首筋にキスをして、肩に頭を乗せる。

「伊織さん？」

「杏沙子と一緒に過ごす時間が幸せすぎて、どうにかなりそう」

「職場が同じだから、四六時中、一緒にいますけど、伊織さんと過ごせて私も幸せなんです。歳を重ねてもずっと仲良しでいてくださいね」

「仲良し？」

「はい、仲良しです。どんなに嫌味を言われても私は伊織さんが好きですし、何なら、好きな子に意地悪してるんだなって思ってます。私は伊織さんと笑ったり、痛みを分かち合ったりして、これからも仲良く暮らして行きたいな……って思います」

杏沙子なりの解釈は多分、正解に値する。確かに杏沙子のことをからかうのは面白く、どんな反応が返ってくるのかが楽しみだから。

深い愛情に包まれる幸せ。杏沙子のことは見た目が可愛いとか好みとかだけではなく、内面的なところも好きだ。お人好しで気遣いができて、元彼に傷つけられたのに悪口は決して言わない。そんなところに惹かれている。

「相変わらず、杏沙子には勝てる気がしない」

はにかみながらも素直な気持ちを言葉にしてくる杏沙子が愛くるしい。悶える程に可愛い。世の中にはこんなに可愛い生き物がいるのかと思う程、頭の中の大半を支配していく。まるで中毒症状のように。

「ずっと言ってるけど、何なんですか？　それ」

「秘密」

杏沙子のように素直に言葉にできたらいいのに、いざとなると躊躇《ためら》ってしまう。こんなにも愛してやまないくせに。

「秘密はダメですよ、伊織さん」

杏沙子は後ろを向こうとして、身体を捩《よじ》る。

「あぁ、そうだな。つまり、杏沙子が可愛すぎて勝てないってこと」

「え？」

「のぼせるからあがる」

ジャグジーのお湯が浴室の床に滴《したた》り落ちる。杏沙子を抱き抱えたままジャグジーから出て、脱衣所に連れて行く。

「下着は着けなくていい。ガウンだけ羽織ってろ」

身体を拭いた杏沙子の肩にガウンをかける。

「い、伊織さん！　ちょっと、待っ……！」

ガウンを羽織った杏沙子を手を引いてベッドに連れて行き、優しく押し倒す。

「さ、さっきしたばかりでしょ？」

「さっきは荒っぽくて悪かった。今度は杏沙子をじっくりと愛したい」

敏感な杏沙子の身体をゆっくりと攻める。甘い声に快楽に歪む顔、柔らかい乳房、高揚していく身体。杏沙子の全てが欲しい。独占欲を駆り立てられ、反《そ》り返った欲望で杏沙子の蜜壺を埋め尽くした。

「杏沙子、おやすみ。二十七歳の誕生日おめでとう」

行為が済んだあと、すぐに眠りについた杏沙子に一声かけてから自分も幸せを噛み締めながらベッドに潜り込み、俺も続けてぐっすりと心地良い眠りについた。

これからの人生は彼女と共に歩んでいく。隣に寝ている彼女がどうしようもなく愛しくて堪《たま》らない。彼女に出会わなければ、俺はずっと独り身のままだったかもしれない。彼女のおかげで未だ見ぬ未来も楽しみに思えてくる。

もう一人で苦しまなくて良い。彼女が俺の側にいる限り、もう二度と悪い夢を見ることはないだろう――

〜大人のための恋愛小説レーベル〜

ETERNITY
エタニティブックス

ETERNITY エタニティブックス Rouge

スパダリCEOの超・執着愛!?
極上の一夜から始まる
CEOの執着愛からは、逃げきれない

エタニティブックス・赤

季邑《きむら》えり

装丁イラスト／spike

元恋人に盗作されたライターの玲《れ》奈《な》。彼女はニューヨークでテツと名乗る青年に助けられ、これまでの不運を慰められる。その上、誠実な彼に心を許し、酒の勢いもあってつい一夜を過ごしてしまう。翌朝、二度と会わないつもりでテツから逃げた玲奈だけど、帰国後にある事情で再会することに……しかもテツは、実は大企業のCEOだった!?　彼は玲奈がどこまで逃げても追い、甘く口説いて――

※エタニティブックスは大人の女性のための恋愛小説レーベルです。ロゴマークの色で性描写の有無を判断することができます（赤・一定以上の性描写あり、ロゼ・性描写あり、白・性描写なし）。

詳しくは公式サイトにてご確認ください。
https://eternity.alphapolis.co.jp/

携帯サイトはこちらから！

〜大人のための恋愛小説レーベル〜

ETERNITY エタニティブックス

ETERNITY エタニティブックス Rouge

勘違いから始まる魅惑の濃密恋！

魅惑の社長に誘淫されて陥落させられました

エタニティブックス・赤

有允《ゆういん》ひろみ

装丁イラスト／藤浪まり

二十九歳の誕生日直前、七年付き合った同棲中の彼氏から突然別れを告げられた奈緒《なお》。ショックで落ち込む彼女に、友人が誕生日プレゼントにとびきりゴージャスなレンタル彼氏を手配してくれる。極上のイケメンと過ごす熱く濃密な一夜に慰められた奈緒だったが、後日思わぬ形で再会した彼に関係の継続を提案されて……!? 勘違いから始まる、魅惑のロマンチック・ストーリー！

※エタニティブックスは大人の女性のための恋愛小説レーベルです。ロゴマークの色で性描写の有無を判断することができます（赤・一定以上の性描写あり、ロゼ・性描写あり、白・性描写なし）。

詳しくは公式サイトにてご確認ください。
https://eternity.alphapolis.co.jp/

携帯サイトはこちらから！

この作品に対する皆様のご意見・ご感想をお待ちしております。

おハガキ・お手紙は以下の宛先にお送りください。

【宛先】

〒150-6008 東京都渋谷区恵比寿 4-20-3 恵比寿ｶﾞｰﾃﾞﾝﾌﾟﾚｲｽﾀﾜｰ 8F
(株) アルファポリス　書籍感想係

メールフォームでのご意見・ご感想は右のＱＲコードから、
あるいは以下のワードで検索をかけてください。

アルファポリス　書籍の感想　検索

ご感想はこちらから

本書は、「アルファポリス」(https://www.alphapolis.co.jp/) に掲載されていたものを、
改題、改稿、加筆のうえ、書籍化したものです。

俺様弁護士《おれさまべんごし》に過保護《かほご》に溺愛《できあい》されています

桜井響華（さくらい きょうか）

2023年 9月 25日初版発行

編集－木村 文・森 順子
編集長－倉持真理
発行者－梶本雄介
発行所－株式会社アルファポリス
〒150-6008 東京都渋谷区恵比寿4-20-3 恵比寿ｶﾞｰﾃﾞﾝﾌﾟﾚｲｽﾀﾜｰ8F
TEL 03-6277-1601（営業） 03-6277-1602（編集）
URL https://www.alphapolis.co.jp/
発売元－株式会社星雲社（共同出版社・流通責任出版社）
〒112-0005 東京都文京区水道1-3-30
TEL 03-3868-3275
装丁イラスト－チドリアシ
装丁デザイン－AFTERGLOW
（レーベルフォーマットデザイン—ansyyqdesign）
印刷－中央精版印刷株式会社

価格はカバーに表示されてあります。

落丁乱丁の場合はアルファポリスまでご連絡ください。

送料は小社負担でお取り替えします。


ISBN978-4-434-32621-9 C0093